suhrkamp taschenbuch 3170

AF202719

Ein Kunstmaler und Fälscher erzählt in erfrischend lakonischem Ton sein Leben, das eng mit der Geschichte seines Onkels Robert Guiscard – dieser war sein Vorbild als Fälscher – und mit derjenigen des Fürstentums Procegovina verbunden ist.

Guiscard, der König der Fälscher, erfindet den barocken Maler Ayax Mazyrka und auch einen Kunsthistoriker, der die Biographie des Malers schreibt (»Ayax Mazyrka und der procegonische Frühbarock«, vier Bände, Leipzig 1912 bei Tröpte und Sassenreuther). Die Werke Mazyrkas werden zu den begehrtesten Objekten des internationalen Kunsthandels, und der phantasiebegabte Fälscher bringt es bis zum procegonischen Kultusminister.

In diesem 1953 zuerst erschienenen Roman taucht eine ganze Schar komischer Käuze, skurriler Zelebritäten und »falscher Vögel« auf, die übermütig mit ironischer Grazie und witzig-stichelnder Satire durch den Erzähler vorgeführt werden: eine spaßige, intelligente und doch niemals moralisierende Parodie auf den Kunstbetrieb.

Wolfgang Hildesheimer, 1916 in Hamburg geboren, starb 1991 in Poschiavo in Graubünden. 1955 erhielt er den Hörspielpreis der Kliegsblinden, 1965 den Bremer Literaturpreis und 1966 den Georg-Büchner-Preis. Sein Werk erscheint im Suhrkamp Verlag.

Wolfgang Hildesheimer
Paradies der falschen Vögel

Roman

Suhrkamp

Die Erstausgabe erschien 1953 im
Verlag Kurt Desch, München, Wien, Basel

suhrkamp taschenbuch 3170
Erste Auflage 2000
© 1953 by Verlag Kurt Desch
Alle Rechte beim Suhrkamp Verlag, Frankfurt am Main
Suhrkamp Taschenbuch Verlag
Druck: Books on Demand, Norderstedt
Printed in Germany
Umschlag: Göllner, Michels, Zegarzewski
ISBN 978-3-518-39670-4

2. Auflage 2010

Paradies der falschen Vögel

Der Maler Ayax Mazyrka, der »Procegovinische Rembrandt« benannt, eine der bedeutendsten Erscheinungen der Kunstgeschichte, hat niemals existiert. Seine Werke sind gefälscht, und die Geschichte seines Lebens ist eine Fiktion.

Diese Tatsache sei hiermit gleich vorweggenommen. Denn sie ist sowohl der Grundstein als auch der Beweggrund meiner Aufzeichnungen. Indessen erwarte ich nicht, daß der Leser mir Glauben schenkt; und wenn dieser Umstand hier zum ersten Male schwarz auf weiß erwähnt wird, so geschieht es lediglich deshalb, weil es für das, was ich – künftigem Unglauben zum Trotz – erzählen zu müssen glaube, von wesentlicher Bedeutung ist, und nicht etwa, weil ich es mir in den Kopf gesetzt habe, vorhandene Mißstände aufdecken oder gar verbessern zu wollen. Nichts liegt mir ferner, als Staub aufzuwirbeln. Ich tauge weder zu einem Michael Kohlhaas noch zu einem Prinzen Hamlet, sondern bin und bleibe einer, der sich mit gegebenen Umständen leicht abfindet und nicht nach Ursachen forscht.

Dazu kommt, daß die Meisterwerke Mazyrkas beileibe nicht die einzigen gefälschten Bilder sind, die in europäischen und amerikanischen Galerien hängen. Diese sind durchsetzt mit Fälschungen – hier eine und da eine, mit geschickter Hand untergebracht –, aber niemanden berührt das, denn es fällt nicht in das Gebiet des sogenannten täglichen Lebens. Nun hat es wahrhaftig in den letzten Jahren viele andere Dinge gegeben, die das Interesse des Publikums in wachsendem Maße in Anspruch genommen haben, und die – wer wollte es leugnen? – für die unmittelbare Zukunft der Menschheit von bedeutenderer Wirkung sind als gefälschte Bilder. Von einer Aufzählung dieser Dinge sehe ich ab, denn ich habe mich niemals ernsthaft mit ihnen beschäftigt.

Nur mit dieser Verschiebung des Interesses ist es zu erklären, daß zum Beispiel auch mancher Meister des späten Mittelalters und der frühen Neuzeit, dessen Bilder zu dem schönsten Bestand vieler Museen gehören, sich in die Kunstgeschichte eingeschmuggelt hat, der zwar tatsächlich bislang unbekannt war, dessen Existenz aber keineswegs im Mittelalter, sondern in der Gegenwart, und dazu in meinem unmittelbaren Verwandtenkreis zu suchen ist, und der es sich zur Aufgabe gemacht hat, diesen Bestand zu bereichern, wenn auch nicht aus höheren, sondern – auch dies sei hier vorweggenommen – aus eigennützigen Motiven. Manche seiner schönsten Werke schmückten auch das Haus meiner Tante Lydia, das Haus, vor dem und dessen Bewohnern die Zeit stillzustehen schien, während draußen die Dekaden vorbeischlüpften. Von der Herkunft dieser Bilder indessen ahnte Tante Lydia nichts, und nun wird sie es auch nicht mehr erfahren, denn sie ist tot.

Gewisse Mitglieder meiner Verwandtschaft haben prophezeit, daß ich Tante Lydia vorzeitig ins Grab bringen würde. Diese Voraussage hat sich, wie ich jetzt mit Genugtuung feststellen kann, nicht bewahrheitet. Heute habe ich erfahren, daß sie vor einiger Zeit, im Alter von neunundsiebzig Jahren, sanft entschlafen sei. Man darf deshalb sagen, daß ihr Tod nicht allzu unerwartet und keineswegs vorzeitig eingetreten ist. An ihrem Totenbette war ich nicht zugegen. Damit bringe ich wohl auch die bösen Zungen derjenigen zum Verstummen, die mir selbst an ihrem rechtzeitigen Ableben gern die Schuld zugeschoben hätten.

Es ist mir heute ohnehin nicht mehr recht begreiflich, auf welchen meiner Handlungen solch düsteres Orakel beruhte, und da die Künder desselben – wie auch die Bürgen für die Wahrheit meiner Erzählung bis auf einen – längst aus meinem Gesichts- und Gedankenkreis entschwunden, ja, die meisten von ihnen wahrscheinlich inzwischen selbst verstorben sind, ließe es sich nunmehr kaum noch feststellen, selbst wenn mir daran gelegen wäre. Jedenfalls war ich – allen gegenteiligen Darstellungen zum Trotz – kein böswilliger Widersacher meiner Tante, wenn es ihr auch, trotz dauernder, jedoch ungeschickter Versuche, niemals gelungen war, mir ihre Anschauungen aufzuzwingen, geschweige denn zu erreichen, daß ich in ihren Lebenskreis hineinwachse. Und, wie sich später ergeben wird, entfremdete ich mich diesem mehr und mehr.

Ich schreibe dies an einem verschleierten Oktobertage, einem Tage, wie ihn das fallende Jahr denen, deren Sinne wach sind, so oft bietet: die Sicht auf entlaubte Bäume, auf kahle Felder, der letzten Kartoffel beraubt, ja, ein aus den Wiesen angewehter Duft, ruft eine Kette von Erinnerungen herauf. Und in diesen Tag hinein weht nun der Brief mit der Todesnachricht, als habe ihn eine Krähe im Schnabel gebracht. Er ist bereits über ein Jahr alt und hat mich auf vielen Umwegen erreicht; übrigens ist er nicht an mich selbst gerichtet, denn seitdem ich vor vielen Jahren offiziell das Opfer eines Grenzzwischenfalles wurde, lebe ich unter einem angenommenen Namen, welcher dem Verfasser des Briefes – kein anderer als der Dichter und Aphoristiker Hans Hamilkar Bühl, der in diesem Bericht auch eine gewisse, wenn nicht eben rühmliche Rolle spielt – sicherlich nicht bekannt ist.

In ergreifenden Worten, durchsetzt von kunstvoller Schlichte, wird hier der – mir übrigens unbekannte – Adressat von dem Ableben meiner Tante in Kenntnis gesetzt; und sogleich wird auch mir die mit Tante Lydia verbrachte Periode meiner Kindheit gegenwärtig. Längst vergessene Bilder und Szenen bauen sich vor mir auf, bewegen sich und gehen in andere Szenen über, ein berauschender Film, ohne Ende und voller seltsamer Verstrickungen, so daß er mit dem heutigen Tag endigt, wenn ich mich nicht entschließe, ihn vorher abzuschneiden.

Als erstes Bild erscheint Tante Lydias Landhaus. In der Blüte der Jahrhundertwende gebaut, sah es aus wie etwa ein gotisches Erholungsheim, im Baustil unheimlich, jedoch freundlich in der Wirkung. Es war von reichem Parkbestand umgeben, mit Pappeln, Platanen und Buchsbaum, in dessen Mitte selbst der Bastardstil dieses eigenwilligen Bauwerkes eine gewisse behäbige Würde gewann. Im Park befand sich auch neben einigen versteinerten Szenen der griechischen Mythologie und einem Pavillon, welcher, je nach Geschmack und Art des hier Weilenden, zu stiller Einkehr oder auch zu Schäferstündchen einlud, ein kleiner Privatfriedhof mit Gräbern einiger – wie sich ergeben wird, legendärer – Vorfahren, und es ist beinahe symbolisch zu werten, daß schon damals die seltsame Marmortafel mit der Aufschrift

DE MORTUIS NIHIL NISI BENE,

welche die Pforte zu den Grabstätten schmückte, entzweigebrochen war. »De mortuis nihil« stand auf ihr zu lesen.

»Ich müßte die Tafel erneuern lassen«, sagte eines Abends Tante Lydia zu ihrem Bruder, Onkel Robert, der, seßhaft im Fürstentum Procegovina, dann und wann ein paar Wochen bei uns verbrachte.

»Ich finde sie in diesem Zustand nicht übel«, sagte dieser. »Nicht übel«, wiederholte er nachdenklich, und ich bemerkte auf seinem Gesicht den Anflug eines enigmatischen Grinsens, welches selbst mir, dem damals Fünfjährigen, bedeutete, daß hier nicht alles so war, wie es schien.

Über das Schicksal meiner Eltern ist mir so gut wie nichts bekannt, und ich muß annehmen, daß man es aus irgendwelchen Gründen bewußt in Dunkel gehüllt hat. Jedenfalls heiße ich – oder hieß vielmehr bis zu dem schon erwähnten Grenzzwischenfall – Anton Velhagen, welcher Name manchem Liebhaber moderner Kunst ein Begriff oder gar mehr sein dürfte. Tante Lydias Ausführungen zufolge war meine Mutter ihre Cousine gewesen, und ich habe keine Ursache und übrigens auch keine Neigung, dies anzuzweifeln. Die Theorie, der ich heute, da meine Muße es mir erlaubt, gern nachhänge, nämlich daß ich ein Findelkind gewesen sei, entbehrt jeglicher Fundierung und hält auch näherer Untersuchung nicht stand: es ist durchaus unwahrscheinlich, daß gerade Tante Lydia ein solches zu sich genommen haben sollte, denn zur Erziehung von Kindern taugte sie weder ihrer Veranlagung noch auch ihrem Interesse nach. Im Gegenteil: selten ist mir ein Mensch begegnet, der solche pädagogische Unfähigkeiten an den Tag gelegt hat wie sie, daher auch unsere Beziehung zueinander als ein einziges großes Mißverständnis angesehen werden kann, an welchem indessen keiner von uns beiden eigentlich die Schuld trug.

Tante Lydia handelte stets mit milder Gelassenheit, die, wenn auch vielleicht ursprünglich eine Pose, zur Natur geworden und ihr, zumindest äußerlich, das wesentliche Gepräge gab. Sie verstand es, ihr Leben mit einer Aura anmutiger Tradition zu umgeben, und wandelte unbeschwert und wenig alternd durch die Dekaden, auf einem Teppich sozusagen. Wie übrigens merkwürdigerweise fast alle Damen ihrer Generation war sie in ihrer Jugend sehr schön gewesen, was aus einigen Dutzend Daguerreotypien hervorging, die dort, wo immer sich eine freie Waagerechte bot, aufgestellt waren. Der Umstand, daß es sie nicht störte, zu jeder Minute ihres Lebens an sich selbst erinnert zu werden, ist ein wichtiger Faktor in der Aufzählung ihrer Eigenschaften.

Einen großen Teil des Jahres verbrachte sie auf Reisen. Daß sie im Februar auf Schnepfenjagd nach Schottland fuhr, bilde ich mir vielleicht nur ein, weil es gut in ihr Jahresprogramm gepaßt hätte und ich mich außerdem zu erinnern glaube, die entsprechende Garderobe in ihrem Kleiderschrank gesehen zu haben. Aber ich bin mir darüber im klaren, daß einem die Erinnerung gerade in diesen Dingen oft Streiche spielt. Jedenfalls fand sie die einbrechende Frühjahrssaison in Paris, von wo sie dann nach St. Ignaz, Baden-Baden, Wildbad oder in ein anderes Bad reiste, denn schon damals hatten Leute, die zu leben verstanden, auch stets eine Kur nötig. Zu dieser Zeit stand der Festspielgedanke noch in seinen Kinderschuhen, aber was es an derartigen Eindrücken gab, nahm meine Tante mit, auf daß der Gesprächsstoff während der Wintermonate nicht einfriere.

Ende September kehrte sie recht erschöpft heim, um sich bis zum nächsten Frühjahr auszuruhen. Dann pflegte sie mir verschiedenartige Reiseandenken mitzubringen, wie ausgestopfte Gebirgsvögel, Kuckucksflöten, bunte Ansichten von Kurorten auf Astscheiben gemalt oder Interieurs, plastisch in Streichholzschachteln gezwängt, Bleistiftbehälter in Form von Gondeln, Bücherstützen in Form von Krokodilen und andere Gegenstände in Form von wieder anderen Gegenständen, Menschen, Ungeheuern oder Tieren. Dabei vergaß sie gewöhnlich, was sie mir im vorigen Jahr mitgebracht hatte, und so kam es, daß allein verschieden große Ausführungen des gleichen Gegenstandes ganze Regale füllten und mein Zimmer einer geräumigen Schießbude nicht unähnlich sah. Da war zum Beispiel ein ganzes Regiment geschnitzter Holzbären, auf welchen GRUSS AUS BERN eingebrannt war. Denn das gab es damals schon, und das wird es immer geben. Kulturströmungen ganzer Generationen mögen vergehen, aber der Berner Bär bleibt bis zum Ende.

Es ist möglich, daß Tante Lydia, indem sie mir diese nutzlosen Gegenstände schenkte, lediglich ihre eigene Sammlerleidenschaft auf eine kindliche Ebene übertragen zu müssen glaubte. Denn sie war eine Sammlerin großen Formates. Bei ihr handelte es sich um historische Objekte: vom Schönheitspflästerchen des Rokoko über Schnupftabaksdosen zu schweren Möbeln, ja, ganzen Einrichtungen. Für die Ursache einer solchen Manie mag es verschiedenerlei Erklärungen geben. Bei Tante Lydia lag sie vielleicht zum Teil im Unbehagen über ihren eigenen lückenhaften Stammbaum begründet, welchen sie nun durch angehäufte Tradition zu ersetzen suchte.

Kleinere Vitrinenstücke brachte sie im Koffer mit; größerer Zierat und Möbelstücke kamen während der späteren Herbstwochen an, und das Auspacken und Aufstellen derselben war stets mit einer Art Zeremonie verbunden, bei der meine Tante den Anwesenden in wohlstudierten Vorträgen Funktion und Bedeutung der Objekte erläuterte, und zwar oft nicht nur den Gästen, sondern auch den meist völlig gleichgültigen Packern und Trägern, die sich mit dem Anhören dieser Erklärungen die traditionelle Flasche Bier teuer erkauften. Dann folgten ganze Abende mit dem Hin- und Herrücken von Stilmöbeln, wobei auch die männlichen Gäste mit anpacken mußten. Hierzu entledigten sie sich ihrer Jacken und Westen, und einige zogen sich sogar über ihre Smokinghemden Arbeitskittel, die sie, in Voraussicht des Kommenden, mitgebracht hatten. Oft wurden solche Operationen zu einer Art Gesellschaftsspiel. Solche Freunde allerdings, welchen diese Arbeit zu mühselig, und deren Interesse an derlei Dingen begrenzt war, kamen nicht vor Dezember, denn sie durften gewiß sein, daß bis dahin das jährliche Kontingent eingetroffen und placiert war und man für seinen Wochenendunterhalt nicht zu arbeiten brauchte.

Aus den hier beschriebenen Aktivitäten hätte man leicht schließen können, daß, auf Kosten solcher Eigenarten, Tante Lydias soziales Empfinden verkümmert sei. Dies war jedoch nicht der Fall, wenn auch ihr Beitrag zur Abhilfe des Elends auf solche Gelegenheiten beschränkt blieb, bei welchen ihr eigenes gesellschaftliches Bedürfnis auf seine Kosten kam; und an sich ist ja auch gegen den Grundsatz: hilf anderen, indem du dir selbst nützest, nichts einzuwenden.

So gab sie alljährlich zwei Wohltätigkeitsfeste, zu welchen zahlreiche, manchmal recht seltsame Gäste geladen wurden, und wo es – im besten Sinne – feudal zuging. Der Zweck wechselte mit der Notwendigkeit des Augenblicks; man entnahm ihn den jeweiligen Mißständen: einmal waren es tuberkulöse Eisenbahner, ein andermal wieder amüsierte man sich für chinesische Kinder, und wenn sich in dieser Richtung keine unbedingte Notwendigkeit bot, so war es eben eine permanente Institution, wie der Tierschutzverein oder die Bahnhofsmission. Das Geld kam durch Tombola und anderlei Verlosungen herein, bei welchen das Merkwürdige ist, daß sie immer Gewinn einbringen, indem Kunstgegenstände, Vasen und dergleichen lediglich die Besitzer wechseln. Übrigens bin ich überzeugt, daß bei diesen Gelegenheiten die Einnahmen den Fürsorge-Organisationen ordnungsgemäß zugingen, denn ich weiß, daß Tante Lydia an den darauf folgenden Dankesdiplomen viel gelegen war. Diese verwahrte sie in einer großen Pergamentmappe, welche in einem Safe eingeschlossen war; als gelte es, am Tage einer endgültigen Abrechnung, solche Dokumente vorzuweisen.

Meine erste ernsthafte Rüge zog ich mir zu, als ich mir mit dem Schnupftuch der Liselotte von der Pfalz die Nase putzte. Dieses Wäschestück verwahrte meine Tante in einer Vitrine, in welcher sich verschiedene derartige Utensilien befanden.

Es war dies kein böswilliges Vergehen. Ich hatte mir bei einem Spaziergang durch den Schnee einen Schnupfen zugezogen, dessen erste Symptome in Form von heftigem Niesen sich eines Mittags einstellten, als ich soeben auf dem Weg zum Speisezimmer war. Im Vorbeigehen öffnete ich die Vitrine, entnahm ihr dies Stück Geschichte – für mich nichts als ein Taschentuch – und putzte mir damit die Nase. Wer schildert das Entsetzen meiner Tante – wenn nicht ich selbst –, als ich in ahnungslosem Unwissen um dieses Sakrileg nach Tisch das Tuch aus der Tasche zog, um mich abermals hineinzuschneuzen! Sie stöhnte jäh auf, entriß mir das Tuch und ging, wie sie dramatisch rief, es eigenhändig auszuwaschen, wessen ich sie übrigens für nicht fähig hielt. Einer unserer Gäste, und zwar der Kunsthistoriker Bruhlmuth, der vor langem verstorbene Mazyrka-Experte, nahm mich vor und erklärte mir in trockener und für mich schwerverständlicher Sprache die Art meines Vergehens, indem er auf die Persönlichkeit der urwüchsigen Pfälzerin einging, ihre Schlichtheit des Denkens und die Lauterkeit ihrer Gesinnung. Es war für ihn zweifelsohne ein willkommener Anlaß, sich zu entfalten, obgleich man sich denken würde, daß ich, wie ich so vor ihm stand – ein linkischer Knabe im Matrosenanzug –, kaum ein zulängliches Publikum dargestellt haben mochte. Auch die strafenden Blicke der anderen berührten mich kaum, und die Zerknirschung wollte sich nicht einstellen. Liselotte von der Pfalz war tot, nieste nicht mehr, benötigte daher kein Taschentuch. So sah ich die Sache, wenn ich auch heute dieser Art Pietät aufgeschlossener gegenüberstehe.

Mein nächstes Vergehen war in gleicher Weise unverschuldet, wenn auch in der Auswirkung schwerer; allerdings gelang es mir, seine Spuren eigenhändig zu verwischen, bevor es entdeckt werden konnte.

In der Vorhalle unseres Hauses stand auf einem Marmorsockel eine Porzellanschale unter einer Art Käseglocke. Diese Schale enthielt ein Häufchen einer Substanz, welche ich nicht anders als mit Asche bezeichnen kann. Es war jedoch der Prager Misthaufen.

Hier muß ich weiter ausholen. Der Leser möge mir gestatten, einen Augenblick historisch zu werden.

Am 23. März des Jahres 1618 wurden die kaiserlichen Abgesandten, die Grafen Martinitz und Slawata, nebst ihrem Sekretär Fabricius aus dem Fenster des Prager Schlosses in den Graben geworfen und dienten so als unmittelbarer Anlaß zum Dreißigjährigen Krieg. Unten landeten die drei auf einem Misthaufen und kamen nicht nur mit heiler Haut, sondern auch lebend davon. Dieser historische Haufen hatte sich durch viele Familien hindurch vererbt, war versteigert und verkauft worden, bis meine Tante ihn auf einer Auktion solcher Gegenstände erworben hatte. Den chemischen Gesetzen folgend, hatte er mit der Zeit an Volumen abgenommen, und was man hier unter der Glocke sah, war nichts als ein kläglicher Überrest, der keinen Vogel errettet hätte.

Die Sitte, vor politischen Konferenzgebäuden Misthaufen anzulegen, ist im Laufe der Jahrhunderte mehr und mehr aus der Mode gekommen, und daher gibt es sicherlich viele, die den Verlust dieser Reliquie beklagen und mich dafür zur Verantwortung ziehen möchten. Ihnen muß ich allerdings offen zurufen: mea culpa!

Obzwar die Geschichte dieses Haufens des Heroismus entbehrt, der im allgemeinen historischen Erzählungen für Jugendliche anhaftet, ließ ich sie mir mit kindlicher Hartnäckigkeit immer wieder erzählen, wobei ich stets auf dem unveränderten Wortlaut bestand. Am liebsten hörte ich sie von Franziska, der Unvergessenen, damals noch mein Kindermädchen, später so viel mehr als das (ich komme auf sie zurück). Mochte sie auch sonst wenige historische Kenntnisse besitzen, die Geschichte des Misthaufens beherrschte sie.

Eines Nachmittags nun lüpfte ich, von kindlicher Neugierde erfaßt, die Käseglocke und stocherte in dem Aschehäufchen herum. Nicht etwa, daß ich in diesem jämmerlichen Überbleibsel wirklich eine Spur der geschichtlichen Begebenheit zu entdecken hoffte; nein, ich wollte die Angelegenheit lediglich von nahem untersuchen, wie ja auch Erwachsene zum Beispiel Goethes Sterbezimmer untersuchen, obgleich sie wissen, daß der Dichterfürst nicht mehr darin umherwandelt. Was einen bei solchen Anlässen erschauern macht, ist die Ehrfurcht vor der Vergangenheit der Materie.

Ein leichter Luftzug – und der Prager Misthaufen, der zwei böhmischen Adligen und einem böhmischen Sekretär das Leben gerettet hatte, der unter dauernder Einbuße materieller Substanz von Generation zu Generation vererbt, verkauft und versteigert worden war, bestand nicht mehr. Er lag vielmehr als Staub am Boden.

Einen Augenblick stand ich da wie versteinert, ratlos. Dann kam mir ein Gedanke. Mit einer Geistesgegenwart, die mich in der Erinnerung noch verblüfft, lief ich zum Kamin und füllte das Porzellanschälchen mit Kohlenasche. Sie hatte nicht ganz die Tönung des disintegrierten Misthaufens, aber sie war besser als überhaupt kein Haufen.

Niemand hat die Veränderung jemals bemerkt. Wenn immer Tante Lydia Miene machte, diese Krone ihrer Sammlung neuerworbenen Anhängern solcherart Kultes zu zeigen, hielt ich mich abseits, da ich fürchtete, irgendeine, noch so unscheinbare Geste möchte mich verraten. Ich entsinne mich jedoch einer Gelegenheit – ich war damals schon um einige Jahre älter –, als ich mich erdreistete, in Gegenwart einiger Gäste die Echtheit des Haufens anzuzweifeln. Eine trockene Dame älterer Jahrgänge – es muß Fräulein von Pferch gewesen sein – kommentierte diese scheinbar vorlaute Bemerkung mit dem albernen Ausdruck: »Kindermund!«

Aber mich ritt der Teufel; zu dieser Zeit offenbarte sich bereits die Vorliebe, sogleich das Bildliche einer solchen Redensart in konkrete Wirklichkeit zu übertragen, welche Angewohnheit später zu manchem Mißverständnis geführt hat. »Der Mund eines Erwachsenen«, entgegnete ich,

»würde mich entstellen.« Was weiter geschah, weiß ich nicht mehr. Ich denke, die alte Dame muß betreten geschwiegen haben: diesem frühzeitigen Lakonismus war sie wohl nicht gewachsen. Und auf solchem Gebaren meinerseits – so nehme ich an – beruhten wohl auch die düsteren Prophezeiungen, die ich anfangs erwähnte.

In der Tat war der letzte Winter, bevor Philipp Roskol mein Hauslehrer wurde, für meine Tante ein Winter des Mißvergnügens; aber auch darauf zurückblickend, betrachte ich mich als schuldlos. Ich war lediglich das Resultat einer Erziehung, welche im Fehlschlagen begriffen war. Die Umgebung eines Wustes stummer Zeugen der Weltgeschichte und eines ständig wachsenden Körpers meist älterer Erwachsener, die sich zwischen ihnen bewegten, waren dazu angetan, selbst das einfältigste Kind aus der Bahn einer natürlichen Entwicklung zu werfen; und ich war kein einfältiges Kind.

Da war zum Beispiel die Angelegenheit mit dem Hund, einer widerlichen Bulldogge, mit einer Fratze, als habe Gott sie in hellem Zorn erschaffen. Seiner Besitzer entsinne ich mich nicht: sie waren meinem Gesichtsradius entrückter als das Tier. Angesichts dieses triefäugigen Köters verkroch ich mich hinter den Beinen der jeweils nächststehenden Person, die mir dann, wer sie auch war, nach Art der Erwachsenen versicherte, der Hund sei gutartig, er tue mir nichts, wenn ich ihm nichts tue. Als ob ich jemals erwogen hätte, dem Hund etwas zu tun! Im Laufe einiger Tage verlor ich auch wirklich meine Furcht, und als ich sie vollends verloren hatte, biß mich der Hund empfindlich ins Bein.

Ich schrie auf vor Schmerz, aber auch vor Triumph.

Meine Furcht war begründet gewesen, und so war ich eine Stufe näher zur Erwerbung des Rechts gerückt, am Urteil Erwachsener zweifeln zu dürfen. Davon machte ich von nun an nach Belieben Gebrauch.

Hierbei – daß ich es nur gestehe – arbeitete ich nicht immer mit ganz fairen Mitteln. Als ich mich eines Abends hartnäckig weigerte, ins Bett zu gehen, da – wie ich versicherte – Schnecken darin seien, hätte man mich beinahe bestraft, bis man schließlich, auf mein Drängen hin, das Bett untersuchte. Es war voller großer und kleiner Schnecken. Triumphierend stand ich daneben und versuchte, in meinem Gesicht den Ausdruck geduldigen Leidens widerzuspiegeln. Ich hatte recht gehabt. Der Umstand, daß ich die Schnecken mit mühsamer Emsigkeit gesammelt und selbst in mein Bett getan hatte, änderte nach meinem Empfinden für Fug und Recht nichts an der Tatsache ihrer Gegenwart. Und daß ich hier einmal versucht hatte, die allgemeine Aufmerksamkeit auf mich zu lenken, das wird mir kein Leser verübeln, der Verständnis für die kindliche Psyche hat.

Ich war kein einfaches Kind. Andrerseits waren die Erwachsenen meiner Umgebung keine einfachen Erwachsenen, und es erfüllt mich noch heute mit einer gewissen Genugtuung, daß sie mit meiner Unterlegenheit nicht rechnen durften.

Es wäre jedoch falsch, aus dem Vorhergehenden etwa den Schluß zu ziehen, meine Jugend sei unglücklich gewesen. Sie war ungewöhnlich: eine Erfahrung, die ich nicht missen möchte, und die mir später in mancher Lebenslage zugute kommen sollte. Andrerseits bauen sich besagte Lebenslagen auf den Erfahrungen eben dieser seltsamen Jugend auf, so daß ich wohl der Wahrheit näherkomme, wenn ich sage, daß meine Einstellung als Erwachsener sich als meiner Jugend und Erziehung gemäß herausgestellt hat; aber darin unterscheide ich mich nicht von den meisten anderen Menschen.

Ich erinnere mich an viele glückliche Stunden, vor allem während der stillen Monate, wenn meine Tante verreist war. Durch die gotischen Fenster scheint die Nachmittagssonne. Wie von fern dringt aus der Küche gedämpfter Zwiegesang in gefühlsseligem Vibrato; es sind meine gute Franziska und die Köchin; sie singen Balladen lapidar volkstümlichen Charakters. Ich sehe mich durch die Flucht der unteren Räume laufen, einen Schlagreifen vor mir hertreibend, von einem Zimmer ins andere, zwischen den alljährlich enger werdenden Möbelgassen hindurch, und von dort durch die weit offenen Flügeltüren ins Freie. Oder ich streife durch den Park, mit einem Luftgewehr oder einem Flitzbogen bewaffnet, und schieße hier nach einem Apollo, dort nach einer Artemis. Einmal ziehe ich gar mit dem Spaten aus, um bei den Gräbern meinen kindlichen Wissensdurst nach dem Weg allen Fleisches zu befriedigen, aber das Grab, welches ich mir hierzu aussuche, stellt sich als Attrappe heraus, welcher Tatbestand mich ein wenig nachdenklich stimmt. Bei regnerischem Wetter lasse ich mir von Franziska, der Guten, vorlesen, etwa aus »Robinson Crusoe« oder aus dem »Dekameron«, einer der schönen Ausgaben, deren Tante Lydia einige besaß.

Es war eine glückliche Zeit.

Als ich sieben Jahre alt war, trat Philipp Roskol in mein Leben, vor allem aber zunächst in das meiner Tante.

Roskol, ein junger Herr aus gutem Hause, war ursprünglich zum Antiquitätenhändler bestimmt gewesen und hatte auch eine Zeitlang als vielversprechender Nachwuchs auf diesem Gebiet gegolten. Aber im Laufe der Jahre hatte er eingesehen, daß dieser stille Beruf, mochte er auch einen gewissen Erfindungsreichtum erfordern, seinem unternehmenden Geist keine rechten Möglichkeiten der Entfaltung bot. Deshalb hatte er ihn aufgegeben und sich von nun an dem Handel mit solchen Gegenständen gewidmet, von denen er sich eine wirklich große Zukunft versprach; und wenn es diese nicht gab, so ließ er sie herstellen. Da damals sein Sinn für die ethischen Gesetze noch nicht sehr stark entwickelt war, öffnete sich ihm bald ein weites Feld von Betätigungen, welches anderen, mit Skrupeln stärker Belasteten, gewöhnlich versperrt bleibt.

»Das Wort ›Skrupel‹«, pflegte er zu sagen, »klingt wie eine Art Hautkrankheit«, und ich muß gestehen, daß er damit nicht so ganz unrecht hat.

Roskol war in den mittleren Zwanzigern, als er zum erstenmal den Salon meiner Tante betrat. Es war ihm der Ruf vorausgegangen, er sei ein Experte auf dem Gebiet der frühbyzantinischen Vasenmalerei, über die und deren Meister er in höchst amüsanter Weise zu erzählen wisse. Dies stellte sich als wahr heraus, wenn auch seine Berichte so selbstgedichtet, wie die Vasen, um deren Ursprung und Bemalung es sich handelte, falsch waren. Er hatte es, zur Zeit seines ersten Auftritts bei Tante Lydia, für ratsam gehalten, für ein paar Monate aus dem internationalen Kunsthandel zu verschwinden, da irgendein störrischer Connoisseur, der sich lange nicht besänftigen ließ, die Herkunft einer frühbyzantinischen Vase als fragwürdig erklärt hatte. Eingeführt von einem alten gemeinsamen Freund – demselben, welcher auch den Nimbus des amüsanten Kenners für ihn vorbereitet hatte –, erschien er eines Tages bei uns, und es gelang ihm, während eines Wochenendes, einen kleinen Restbestand von dem Steingut des Anstoßes an Tante Lydia zu verkaufen.

Das war der Anfang einer Reihe von Transaktionen, die von seiten meiner Tante mit blinder Unsachlichkeit durchgeführt wurden. Denn nach wenigen Tagen hatte sie eine tiefe Zuneigung zu dem jungen Mann gefaßt, und damit hatte dieser leichtes Spiel.

Die Liebe wuchs mit den Jahren, und mit ihr wuchs auch die Anzahl der zweifelhaften Elemente in der Sammlung meiner Tante, so daß sich nunmehr vollends der Geist der Illegitimität darüber ausbreitete.

Bald zog Philipp Roskol bei uns ein, und zwar als mein Hauslehrer. Hierzu war er an sich in keiner Weise berufen, und die Ursache für diesen seltsamen Entschluß meiner Tante ist auch wahrhaftig nicht in ihrer Besorgnis um meine Erziehung zu suchen. Zwar war ich bereits seit einem Jahr schulreif, aber diesen Umstand hätte sie kaum bemerkt, wenn nicht hin und wieder ein Gast, dem meine Unkenntnis elementarer Dinge aufgefallen sein mochte, sie darauf aufmerksam gemacht hätte. Ich selbst betrachtete es keineswegs als meine Aufgabe, Tante Lydia an ihr Versäumnis zu erinnern.

Ich war demnach nur der Vorwand, der dazu diente, Philipp Roskols Aufenthalt in unserem Hause den Stempel der Legalität aufzudrücken. So wurde ich also von Philipp unterrichtet, Philipp wurde von meiner Tante geliebt, und er gab in beiden Richtungen, was er zu geben hatte, und das schien für alle Teile eine willkommene Lösung, wenn auch vielleicht nicht im Sinne der Kinderpsychologie.

Mag er ein idealer Liebhaber gewesen sein – das weiß ich selbstverständlich nicht –, ein idealer Lehrer war er, jedenfalls nach rein pädagogischen Gesichtspunkten, nicht. Seine wirklichen Kenntnisse beschränkten sich auf Gebiete, die im allgemeinen mit dem Unterrichtspensum für die Elementarstufe wenig zu tun haben. Dennoch: was er mir beibrachte, wußte er anregend zu gestalten. Seine Darlegungen waren zwar recht subjektiv, und seine Deutung der Geschichte ging oft auf das hinaus, was seiner Meinung nach hätte sein müssen, nicht aber, was war; doch, wie schon erwähnt, er war kein Erzieher, und man muß sich vor Augen halten, daß meine Tante, indem sie ihn engagierte, aus der Not eine Tugend gemacht hatte, wenn ich mich des Wortes »Tugend« in diesem Zusammenhang bedienen darf.

So wurde ich zum ersten – jedoch nicht zum letzten – Male das Opfer der Liebe. Davon wußte ich allerdings nichts, und ich faßte, wie es von einem Kinde verlangt wird, volles Vertrauen zu meinem Hauslehrer. Für mich galt, was er lehrte, mochten seine Darstellungen auch oft die Grenzen der Wahrscheinlichkeit überschreiten und seine Theorien selbst mir manchmal willkürlich erscheinen. Nicht ohne einen gewissen Stolz kann ich daher behaupten, daß ich früher als manch anderer zu der Einsicht gelangt bin, daß die Wahrheit verschiedene Aspekte hat und ihre Erkenntnis im Auge des einzelnen liegt.

Sanft und allmählich, wie das Laub im Herbst, fielen mir die Schuppen der Unwissenheit von den Augen; mein Einblick in das vielfältige Gefüge menschlicher Beziehungen begann sich zu erweitern und wurde schließlich früh mit dem Verlust meiner eigenen Unschuld gekrönt, gleichsam als Belohnung für Fleiß und Aufmerksamkeit in der Schule des Lebens.

Oft erwache ich in den niedrigen Stunden der Nacht, wenn die dichte Masse der Dunkelheit mich zu erdrücken scheint. Verlassen, in diesem Niemandsland der Zeit, ohnmächtig, in meinen Gedanken den rechten Punkt zu finden, an welchen ich den Faden der Kontinuität zu knüpfen vermöchte, sende ich sie nach fernen, freundlichen Erinnerungen aus.

Öfter als alle anderen Erlebnisse wird mir dann eine Szene gegenwärtig, die in meinem Leben einen besonderen Platz einnimmt, und an die ich immer wieder – auch tags – mit viel Vergnügen und ein wenig Sentimentalität denke: meine Verführung durch Franziska, die Gute (hier ist allerdings zum ersten Male dieses Beiwort im strengsten Sinne nicht mehr am Platze). Sie selbst ist sich wohl ihrer Urheberschaft nie so recht bewußt geworden: es geschah – um mich so auszudrücken – im Affekt. Denn eigentlich war sie tugendhaft; davon bin ich auch jetzt noch überzeugt, wobei ich betonen möchte, daß mir ihr Andenken nicht weniger bedeuten würde, wäre sie es nicht gewesen.

Ich war damals fünfzehn Jahre alt, und somit den Kinderschuhen entwachsen, deren übrigens Tante Lydia, einem damals üblichen Brauch folgend, sich einige hatte galvanisieren lassen, um sie als Zierat aufzustellen. Dennoch war ihr, die den Vorgang des Alterns in ihrer Umgebung nur ungern zur Kenntnis nahm, die Tatsache entgangen, daß ich seit geraumer Zeit bereits keines Kindermädchens mehr bedurfte; und so war Franziska noch bei uns, in unbestimmbarer Funktion.

Es war im Hochsommer. Tante Lydia nahm die Bäder irgendwo. Philipp hatte Ferien von uns und war angeblich auf einer seiner Afrikareisen, welche es ihm später ermöglichen sollten, die Welt des Kunsthandels als Besitzer und Kenner afrikanischer Eingeborenenkunst wieder zu betreten.

Eines Nachmittags im Park geschah es, daß wir, auf Franziskas Vorschlag hin, von betretenen Pfaden abwichen. Wie weit dieser Vorschlag wörtlich zu verstehen war, weiß ich nicht. Wir lagen jedenfalls bald darauf im weichen Gras, und nach einem Vorspiel gewohnter Liebkosungen zog sie mich an sich, in dem Augenblick, als ich, einem Impuls folgend, nach ihr, die rotwangig und verführerisch mir zugewandt lag, hatte greifen wollen. Sie drückte mich fest an sich und fragte, ob ich sie liebe. Ich sagte ja, das täte ich, und in diesem Moment, als habe ich auf das Wort gewartet, um jene Empfindung auszulösen, begann ich, sie zu lieben. Unsere Liebkosungen, die anfangs und bisher den Grad der Zärtlichkeit nicht überschritten hatten, steigerten sich zur Leidenschaft. Einen kleinen Augenblick noch schalteten wir unser Bewußtsein ein, um uns, mit verschämter Hast, auch technisch auf das Kommende vorzubereiten; dann verschwand die Umgebung, und alles versank in Genuß. (Es war zunächst kein Erfolg. Aber, wie ja schließlich auf allen Gebieten, mußte dieser erarbeitet werden, eine Aufgabe, welcher wir uns später mit Eifer und Hingebung widmeten, und die uns nicht schwerfallen sollte.)

Bestürzt von solch unerwartetem Geschehen erhoben wir uns; denn damals entbehrten wir noch des gelassenen Humors, der einem später im Leben über gewisse Augenblicke hinweghilft. Und wie hätte es anders sein können? Das Erlebnis war neu und ungeahnt: jahrelang hatten wir in einer Art Partnerschaft gelebt, in welcher jeder von uns beiden eine Rolle gespielt hatte, ich die Einfalt und sie die Vernunft. Das hatte sich jetzt mit einem Schlage geändert, und nun, da wir uns wirklich nahegekommen waren, standen wir uns plötzlich in Verwirrung gegenüber, gleich Fremden.

Im Laufe der Zeit fanden wir uns jedoch in der veränderten Situation zurecht; Franziska war zwar beinahe zwölf Jahre älter als ich, aber sie war weder erfahren noch befangen. Ihre Naivität brachte eine Ursprünglichkeit der Empfindung mit sich, die jegliches Mißverständnis im Keim erstickte.

Und nun erfuhr ich zum ersten, vielleicht zum einzigen Male das, was ich Liebe nennen möchte.

Ich will mich nicht der Beschuldigung aussetzen, mich des erhabenen, indessen allzu oft mißbrauchten Wortes »Liebe« leichtfertig bedient zu haben. Trotzdem gebrauche ich das Wort bewußt und absichtlich. Denn indem ich es tue, ist mein Maßstab die Intensität meiner eigenen Empfindung, die mir heute noch beinahe so gegenwärtig ist, wie sie damals war; und dazu die Art unserer wechselseitigen Beziehung, die sich mit wachsender Intimität steigerte und somit zu einem normalen, selbstverständlichen Zustand wurde.

Während ich dies niederschreibe, bin ich mir sehr wohl darüber im klaren, daß Dante oder Petrarca, lebten sie heute, mir eine Rüge erteilen würden. Auch Tristan hätte Bedenken über meine Ansichten geltend gemacht, aber viel mehr noch rümpfen jene ihre Nasen, welche eben diese Männer als die klassischen Idealbilder echter Liebender darzustellen sich bemühen. Ich will zugeben, daß es ein weiter Schritt ist von Tristan und Isolde zu mir und Franziska, und es wäre wohl auch müßig, eine Parallele aufstellen zu wollen. Um indessen den Vergleich zwischen dieser tragischen Affaire und meinem frühzeitigen Abenteuer zu rechtfertigen, möchte ich dem Leser folgendes zur Überlegung anbieten:

Für die oben erwähnten Klassiker der Liebe war diese ein

Idealzustand; ein Zustand also, der in der Wirklichkeit nicht existierte und nicht existieren konnte: eine Sehnsucht, die vielleicht nach Erfüllung verlangte – ich selbst kann es nicht beurteilen, weil ich sie nicht nachzuempfinden vermag –, diese Erfüllung indessen niemals erfahren durfte. Denn für sie hatte das Schicksal keine Vorsehung getroffen.

Wenn ich also den Leser dazu auffordere, sich vorzustellen, Dante säße mit Beatrice und seinen beiden – sagen wir – halbwüchsigen Töchtern beim Abendessen, so wird er mich für geschmacklos halten, aber eben deshalb, weil er die Vorstellung einer solchen Szene als absurd verwirft. Sie entweiht die Figuren, sagt er, und er hat recht.

Es ist also vom Schicksal ausgeschlossen, daß solche Paare glücklich miteinander geworden wären. Was sie ersehnten, lag fern, wie ein unbekanntes Land. Die Intensität ihrer Vorstellung konnte in der Verwirklichung zu nichts als tiefer Enttäuschung führen. Unbewußt haben sie das auch erahnt: Tristan, angesichts des Schiffes, welches ihm seine Isolde näher bringt, reißt sich den Verband von der Wunde, und sein Auge bricht in dem Augenblick, da er die geliebte Stimme hört. Wäre er gesundet, so gäbe es seine Sage nicht, denn der Kampf gegen Schwierigkeiten vor einer glücklichen Vereinigung ist ein Lustspielstoff. Davon handelt ein »Barbier von Sevilla«. Nur um zwei Sekunden haben sich Romeo und Julia verpaßt: ein tragischer Zufall; ihm jedoch verdanken wir die Sage; die Überlieferung weiß warum!

Und selbst das, was man heute noch gemeinhin als Liebe bezeichnet – das Sujet so vieler zweitklassiger Romane –, ist nichts als eine temporäre Gemütsverfassung, ein Zustand außerhalb der Bahn des normalen Lebens; aber sie hat etwas mit der klassischen Liebe gemein: in der Verwirklichung ist sie zum Scheitern verurteilt, denn sie sieht mit anderen Augen, riecht mit einer anderen Nase, und wen sie einmal gepackt hat, der ist außerstande zu urteilen, ob das Objekt seiner würdig sei.

Aber ich schweife ab: belehren werde ich nur solche, die schon ohnehin zu dieser meiner Meinung neigen. – Franziska hat später einen rechtschaffenen Mann geheiratet – ich weiß nicht, ob er tatsächlich ein Handwerker war: ich verbinde mit der Vorstellung eines rechtschaffenen Mannes einen Handwerker –; aber obgleich ich annehmen muß, daß sie unsere gemeinsamen Erfahrungen auf ihre Ehe übertragen hat – ein Gedanke, bei dem ich seltsamer- oder vielleicht gerade natürlicherweise nicht gern verweile –, möchte ich wetten, daß es mit ihm nicht so schön war wie mit mir.

Vielleicht war es die Liebe, die meine schöpferischen Instinkte aus dem Schlummer der Latenz geweckt hat; aber ich bin eher geneigt zu glauben, daß es die Form des weiblichen Körpers selbst war, die mir zum Erlebnis wurde und durch das Verlangen nach künstlerischer Übertragung mein Talent ans Licht brachte: jedenfalls, um diese Zeit begann ich zu malen, und zwar zuerst den weiblichen Akt.

Ich hatte anfangs Franziska gebeten, mir Modell zu stehen, aber sie wies diesen Antrag entrüstet zurück, mit der Frage, für was ich sie denn hielte. Erstaunt erklärte ich, daß es die großen Maler so täten, worauf sie erwiderte, dann seien eben die großen Maler unsittlich. Um diese Anschuldigungen zurückzuweisen, fehlte mir damals noch die rechte Autorität – inzwischen habe ich sie, mache aber selten Gebrauch davon –, und verwirrt, und etwas befremdet, ging ich davon und fing an, nach der Phantasie – oder wenn man so will, nach der Erinnerung – zu malen, da sich mir die Natur gewissermaßen versagt hatte.

Meine ersten Figuren waren recht ungeschickt. Ich war schon zu alt und hatte zu viel von der Wirklichkeit erspäht, um mich jener unbefangenen Phantasie bedienen zu können, wie man sie etwa auf Ausstellungen unter dem Motto »Kind und Kunst« oder »Die schöpferischen Kräfte im Kinde« jederzeit und allerorten bewundern kann (wenn man will). Andrerseits war ich in der Handhabung der Mittel noch nicht bewandert genug, um bereits als junger Maler angesprochen werden zu können. Dennoch entbehrten meine Bilder, wie ich sie heute sehe, nicht einer gewissen naiven Frische, vor allem, als ich, in Verfolgung einer anspruchsvolleren Thematik, nach wenigen Wochen begann, meine Kompositionen anstatt aus einer Figur aus zwei oder mehreren Figuren zusammenzusetzen, manchmal mit einem Tier dazu, als virtuosen Akzent. Dadurch erhielten sie nun ein romantisches, erzählendes Element und verlangten nach Titeln, die ich jeweils dem willkürlich getroffenen Ausdruck anpaßte. Ein Bild mit zwei Figuren hieß etwa »Freundinnen« oder »Eifersucht«, je nach Verhalten der beiden zueinander; einen Dreifigurer nannte ich »Die drei Grazien« oder »Parzen« oder »Wettstreit zwischen Hera, Aphrodite und Athene«, denn da ich den männlichen Körper noch nicht beherrschte, durfte ich mir ein vollständiges »Urteil des Paris« noch nicht erlauben. Zu dieser Einsicht meines noch mangelhaften Ausdrucksvermögens trat der Umstand, daß auch ich vom Baume der Erkenntnis genascht hatte, daher mir diese Szene mit meinem Gefühl für göttlichen Anstand nicht vereinbar erschien; mochte es noch für die leichtfertige Aphrodite hingehen, so ziemte es sich nach meinem Empfinden weniger für die ernsthafte

Athene, deren Seherauge die Nacht zu durchschauen vermag, und gar erst recht nicht für die Gattin des Zeus, sich dem schafehütenden Königssohn in ihrer Nacktheit zu offenbaren.

Um die Gesichtszüge meiner Frauengestalten variieren zu können, suchte ich mir Vorbilder aus Gemälden der unteren Räume, und so geschah es, daß das Antlitz von Mazyrkas »Suleika«, das Bild, welches Onkel Robert meiner Tante zum vierzigsten Geburtstag geschenkt hatte, da die hier wiedergegebene Dame – die Lieblingsfrau Solimans des Achten – Tante Lydia auf so erstaunliche Weise glich, den Körper einer Leda krönte; den Schwan gewann ich aus »Brehms Tierleben«. Bei dieser Zusammensetzung hatte ich keinerlei bösartige Gedanken; mich kümmerte einzig die künstlerische Übertragung eines mythischen Geschehens.

Allmählich verlor mein Zimmer den Schießbudencharakter und wurde zum Atelier. Große Kartonstücke und Sperrholzplatten verstellten die Regale; holländische Holzpantinen und Berner Bären entschwanden der Sicht, und die Kuckucksuhren hörten auf zu schlagen. Ansichten dunkelblauer Gebirgsseen und Palmenpromenaden wurden auf pietätlose Weise mit Probeanstrichen übermalt oder dienten kurzerhand als Paletten. Gebannt von der Vielfalt malerischer Ausdrucksmöglichkeiten und vom Eifer des Entdeckers ergriffen, verließ ich tagelang mein Zimmer nur zum Zweck dringendster Verrichtungen oder um Franziska in dem ihrigen zu besuchen.

So versäumte ich auch dieses Jahr zum ersten Male, meine Tante in der wenige Kilometer entfernten Stadt von der Bahn abzuholen, als sie, diesmal mit Onkel Robert, der einige Jahre lang nicht mehr bei uns gewesen war, von ihrer alljährlichen Erholungsreise zurückkehrte, und sie stand eines Nachmittags in meinem Atelier, freundlich zwar, aber mit unverkennbarer Distanz in der Miene, die sie aufgesetzt hatte, um mir ihre Enttäuschung über mein Versäumnis kundzutun. Sie hielt ein Paket unter dem Arm, den diesjährigen Posten von Reiseandenken, welchen Objekten ich von Herbst zu Herbst mit weniger Spannung entgegensah. Ich stand auf, begrüßte sie schuldbewußt, aber höflich, und wies stumm, mit einer vagen Geste, auf die Bilder. Ich wußte nicht recht, auf welche Weise ich ihr die für mich selbst so unerwartete Entwicklung erklären sollte.

Sie sah auf die Bilder und sagte zunächst nichts.

»Selbstgemalt!« murmelte ich bescheiden, aber nicht ohne Stolz, stellte mich neben sie und sah abwägend auf meine Gemälde, gleichsam um zu versuchen, mein Schaffen mit ihren Augen zu betrachten.

»Aha!« sagte meine Tante und verstummte wieder. Ich hatte eigentlich ein Wort der Anerkennung erwartet, aber angesichts dieses unerwarteten Realismus war ihr dieses Wort wohl in der Kehle steckengeblieben; sie begann, von einem Bild zum anderen zu gehen und jedes einzelne mit ihrem Lorgnon zu studieren, als traue sie ihren eigenen Augen nicht. Ich sah ihr dabei zu und entdeckte einen steifen Zug um ihre Mundwinkel. Als sie jedoch zu Leda und dem Schwan gelangte, wich auch dieser steife Zug der Selbstbeherrschung und machte einem langgezogenen Vokal der Empörung Platz. Sie verließ das Zimmer in einer Art Schwebegang, wie ich ihn seitdem nur noch auf der Bühne gesehen habe, etwa von der Königin, nachdem Hamlet ihr einige Vergehen gegen die Sittlichkeit vorgeworfen hat.

Unlustig und erstaunt über dieses seltsame und mir völlig unverständliche Gebaren machte ich mich ans Auspacken des Paketes, das sie zurückgelassen hatte. Zuerst entnahm ich ihm einen Satz verschieden großer, mit Alpenrosen bemalter Kuhglocken, und dann eine Spieldose, auf welcher ebenfalls eine Szene alpinen Friedens abgebildet war. Sie hatte, wie ich der Aufschrift auf der Rückseite entnahm, zwei Weisen: »Auf der Alm, da gibt's koa Sünd'« und »Üb immer Treu' und Redlichkeit«.

Arme Tante Lydia! Im besten Glauben, dessen sie fähig war, hatte sie mir nun Jahr für Jahr diesen Kindertand angeschleppt, in Erfüllung ihres unbewußten Programms, die Zeit zum Stillstehen zu bringen, und plötzlich hatte ihr Traum von ewiger Jugend eine jähe Erschütterung erfahren: ich hatte mich, ohne es zu wollen, einer allzu radikalen Methode bedient, um ihr das Fortschreiten der Zeit nahezulegen.

Wenige Minuten später betrat Onkel Robert das Zimmer. Tante Lydia hatte ihm wohl sofort von meinen neuesten Taten berichtet und sich wahrscheinlich, da Philipp abwesend war, bei ihm über meine fortschreitende sittliche Verkommenheit beklagt. Vielleicht war dem aber auch nicht so, und ich messe hier Tante Lydia einen Grad des Unverständnisses zu, welcher ihr allzu wenig Ehre tut. Immerhin liebte sie die Künste, wenn auch auf eigene Art.

Wie dem auch sei: Onkel Robert hatte es sich nicht nehmen lassen, sich sofort selbst von meiner neuen Aktivität zu überzeugen, und, wie zu erwarten war, stand sein Verhalten bei der Besichtigung meiner Werke in krassem Gegensatz zu dem meiner Tante.

Schon beim Eintritt entfuhr ihm ein Ausruf freudigen Erstaunens. Dann nahm er jedes einzelne Stück zur Hand, prüfte es genau und stellte es behutsam, als habe er es mit zerbrechlicher Antike zu tun, wieder an seinen Platz. Einige der Gemälde tat er beiseite. Als er mit der Besichtigung fertig war, bat er mich, die ausgesuchten Stücke ihm zu überlassen, zog seine Brieftasche hervor und entnahm ihr einen Schein, der mehr Geld bedeutete, als ich jemals gesehen, geschweige denn in der Hand gehalten hatte. Dann gab er mir einige Worte aufrichtiger Ermunterung, klopfte mir kollegial auf die Schulter und ging hinaus. Ich nahm das Geld und steckte es in die Tasche.

Meine Empfindungen waren zwiespältiger Natur. »Weitermachen, mein Junge! Du scheinst auf dem rechten Weg zu sein!« hatte mein Onkel gesagt, und diese Worte, die damals für mich noch nicht den abgenutzten Klang der Herablassung hatten, den sie heute haben, hinter denen sich in diesem Falle wohl auch tatsächlich nicht jene lieblose Indolenz verbarg, die man gemeinhin dahinter vermuten muß, diese Worte schwebten noch im Raum; sie zeugten davon, daß ich anerkannt wurde, ein Umstand, welcher so wesentlich zur Schaffenskraft eines Künstlers beiträgt. Andrerseits aber schien auch hier etwas nicht mit rechten Dingen zuzugehen; ich konnte mir nicht vorstellen, was Onkel Robert mit diesen Bildern anzufangen gedachte, für die er mich so großzügig belohnt hatte.

Verwirrt vom Geschehen dieser Stunde, setzte ich mich auf mein Bett, griff mechanisch nach der neuen Spieldose und begann, die Kurbel zu drehen. Versunken in Gedanken ungewohnter Art, sang ich die Worte mit, wie sie mir Franziska einmal beigebracht hatte:

> Üb immer Treu' und Redlichkeit
> Bis an dein kühles Grab,
> Und weiche keinen Finger breit
> Von Gottes Wegen ab.

Onkel Robert also war es, der mir die ersten Worte der Ermutigung gab, mit denen er mich jedoch, wie sich später herausstellte, auf einen völlig anderen Weg zu locken gedachte, als welchen mir meine Veranlagung einzuschlagen befahl.

Vor mir liegt ein Stoß Aufzeichnungen dieser zwiespältigen Persönlichkeit, die das Bild, welches ich, dank seiner ausführlichen, oft beinahe ausschweifenden Erzählungen, von seinem früheren, abenteuerlichen Leben habe, vollends ergänzen. Da ich nicht die Absicht hege, einen Roman über ihn zu schreiben, möchte ich das, was ich von seiner Vergangenheit weiß, an dieser Stelle, wo es Wesentliches zum Verständnis meiner eigenen Geschichte beiträgt, einfügen; die Stille eines Tages wie des heutigen erscheint mir dem Einfühlungsvermögen in diese einmalige Erscheinung förderlich.

Mit unergründbarer Ironie, aber nicht ohne verbindliche Grazie lächelt die Gioconda wie aus einem Fenster in der vollbehängten Bilderwand des Louvre auf den Beschauer herab, vor einer phantastischen Felsenlandschaft sitzend, deren submarines Licht das Geheimnis ihrer Erscheinung noch vertieft; lässig kreuzt sie die edlen Hände über einen Säulenstumpf. Ihr Bild gilt als eines der vollkommensten Kunstwerke der westlichen Welt; dieses Lächeln hatte viele Forscher zu tiefgründiger Betrachtung veranlaßt, mancher Gymnasiallehrer schon ist vor ihm verstummt, und manch anderer sensible Bildungsreisende hat angesichts dieser Erscheinung einen Augenblick lang gespürt, wie ihn der Geist hintergründigen Geheimnisses anweht. Kurz: dieses Bildnis der Mona Lisa, der dritten Frau des Francesco del Giocondo, eines Mannes, dessen Hauptinteresse dem Vieh- und Lederhandel galt, hat den meisten Betrachtern einen unvergeßlichen Eindruck hinterlassen, und wenn ich selbst diese Begeisterung nicht ganz zu teilen vermag, so vor allem deshalb, weil ich die Augenwimpern vermisse – die florentinische Mode der damaligen Zeit verlangte von den Damen der Patrizierklassen das Ausreißen der Wimpern und der vorderen Stirnhaare –, also aus einem Grunde, der nur das Sujet und nicht das Werk betrifft. Aber ich bin mir wohl darüber im klaren, daß ich der einzige bin, der in dieser Vollkommenheit eine Lücke findet, außer vielleicht dem Meister, Leonardo da Vinci selbst, der, nach dreijähriger Arbeit, sein Werk für unfertig erklärte und sich deshalb nicht von ihm trennen wollte.

Schon seit langem jedoch dürfte es ein offenes Geheimnis sein, daß dieses berühmte Bild im Pariser Louvre eine Fälschung ist, welche indessen dem Original in nichts nachsteht. Ja, Philipp Roskol, in dessen Gesellschaft ich es zuletzt betrachtete, und der keinerlei Anlaß hat, dem Schöpfer besonders wohl zu wollen, meinte damals, es übertreffe dieses in der Frische der Fleischtöne, welche in dem Original, soweit er sich erinnere, am Verblassen seien. Aber das geht vielleicht zu weit. Lassen wir Objektivität walten! Leicht verleitet einen die Verehrung eines großen Meisters zur Verkennung echter und ewiger Werte.

Ich weiß nicht, ob der Leser es erraten hat, daß dieser Meister mein Onkel Robert war. Jedenfalls: er war es. Onkel Robert war ein genialer Fälscher, ein Fälscher von Gottes Gnaden, und die Gioconda war – man wird es kaum glauben – sein Erstlingswerk.

Robert Guiscard – denn so hieß er, wenn auch nicht von Geburt – und seine Schwester Lydia waren kleiner Leute Kinder. Der Vater war ein einfacher, jedoch aufrechter und standesbewußter Bilderrestaurator gewesen, ein Meister auf seinem Gebiet. Tante Lydias repräsentativer Stammbaum und der dazu gewissermaßen als Beweis angelegte Friedhof waren demnach nichts als eine mit viel Liebe, wenn auch oft mit zweifelhaftem Geschmack gepflegte Fiktion: die Eltern hatten über keinerlei äußeren Glanz verfügt, und ob sie arm genug waren, um den Glanz aus Innen zu haben – um mich der Metapher eines großen Dichters zu bedienen –, weiß ich nicht.

Jedenfalls hatte dieses Geschwisterpaar früh beschlossen, das Schicksal, welches ihnen eine etwas harte Miene zu zeigen schien, zu korrigieren. Und während sich Lydia mit Eifer und Geschick der Schaffung stilgerechter Lebensbedingungen widmete, begann Robert, für die nötigen Mittel zu sorgen, wozu ihm seine ungeheure künstlerische Begabung das Werkzeug lieferte.

Wie sich hieraus ersehen läßt, war es niemals Roberts Absicht gewesen, sein Talent wirklich schöpferisch anzuwenden. Niemals hatte er das gefühlt, was man die ethische Verpflichtung der Kunst gegenüber nennt. Ein unmoralischer Mensch? Er hätte es nicht geleugnet. Indessen zum Revolutionär war er, dem jeglicher Idealismus fernlag, nicht geboren, und zum Wirken eines sogenannten akademischen Malers, dieser Gattung von Dekaden-Erscheinungen, die nach Ablauf ihrer Frist bestenfalls noch Namen in einem alten Katalog sind, hatte er noch weniger Neigung, ja, er hegte sogar einen leichten Widerwillen gegen solche Männer.

Die meisten Maler suchen berühmt zu werden, aber bei Fälschern ist es mit der Karriere vorbei, sobald sie die Anonymität verloren haben. Robert hatte jedenfalls vor anderen Künstlern voraus, daß er die Anonymität nicht scheute. Der Erwerb von Reichtum war bei ihm die treibende Kraft, welcher jeglicher künstlerische wie auch moralische Einwand weichen mußte. Auf seine Art also war er ein gerader, zielbewußter Mensch.

Zunächst jedoch galt es, handwerkliche Grundlagen zu erlernen. Von frühester Jugend an ein aufmerksamer Lehrling seines Vaters, überraschte er diesen bald durch seinen Erfindungsreichtum an restauratorischen Möglichkeiten. Deshalb beschloß der Vater, ihn auf die Akademie zu senden.

Und so finden wir den jungen Robert Guiscard unter den Tausenden von Kunsteleven, die allmorgendlich in die Museen strömen, um es sich vor einem Meisterwerk bequem zu machen. Denn das Pensum für den Rom-Preis, welchen auch er anstrebte, wenn auch, wie ich schon betont habe, nicht aus Motiven akademischen Ehrgeizes, umfaßte auch damals schon die Fälschung – hier nennt man es allerdings das Kopieren – eines Werkes der Klassik. Robert erhielt die Mona Lisa zugeteilt, sehr zu seinem Mißvergnügen, denn – wie er sich einmal so trefflich ausgedrückt hat – er hätte ein saftiges Rubenssches Lendenstück dem sublimen Antlitz der Gioconda vorgezogen.

Robert, von einer wahrhaften – damals noch redlichen – Manie der Gründlichkeit beseelt, kaufte bei einem Trödler ein altes, auf Holz gemaltes Bild, löste mit Benzin und der Geduld eines Engels das Pigment bis auf die Leimschicht, welche er gelblich-weiß grundierte, um nunmehr nach genauem Studium der Manier Leonardos die Farben anzulegen. Anfangs bereitete ihm das Sfumato Schwierigkeiten, aber dieses meisterte er, indem er, wie Leonardo selbst es getan hatte, die Stunde der frühen Dämmerung abwartete, zu welcher Zeit die Übergänge am weichsten sind. Auch sonst hielt er sich streng an sein Vorbild: es war für ihn ein Ding der Selbstverständlichkeit, daß man die Lasuren mit dem Finger auftrug, die blauen Töne mit Grün untermalte. Bei ihm wurde der Akt des Nachschöpfens zu einem künstlerischen Erlebnis, und nur so ist es zu verstehen, daß Robert, als er nach langer, unermüdlicher Arbeit den für seine Zwecke sorgfältig präparierten Firnis auftrug, vor einem zweiten Leonardo stand. Drei Monate hatte er zu diesem Meisterwerk gebraucht.

»Ja, ja, Genie ist Fleiß«, pflegte er zu zitieren, wenn er von dieser seiner ersten großen Arbeit sprach, wobei er diese Aussage vermutlich ebensowenig ernst nahm wie der Dichterfürst, der sie geprägt hat.

Wie ich schon angedeutet habe, hatte Robert während dieser Arbeitsperiode zunächst noch nicht die Absicht gehegt, sein Werk mit dem Original zu vertauschen, aber als er eines Tages, kurz vor dem Termin, den Louvre besuchte, um vor der Ablieferung sein Werk mit dem Original zu vergleichen, packte ihn diese diabolische Eingebung, welche sein ganzes spätere Wirken bestimmen sollte. Mit wahrhaft verblüffender Behendigkeit vertauschte er hinter dem Rücken des Aufsehers das Original mit der Kopie und verließ mit dem unbezahlbaren Kunstschatz unterm Arm das Museum, federnden Ganges, im Vollgefühl, hier den ersten Schritt zu einer großen Karriere getan zu haben, bestieg die Pferdebahn und fuhr zu seinem schäbigen Hotel am Montmartre, der bescheidenen Behausung des Musensohnes, wie man es gerne nennt.

Von der dürftigen Existenz, die er hier geführt hat, pflegte

Onkel Robert besonders oft und umständlich zu erzählen. Wie so viele, die vorwärtsgekommen sind und es im Leben zu etwas gebracht haben, schwelgte er in Erinnerungen an seine Anfänge, die er als »auch nicht ganz reizlos« darzustellen pflegte, um dann aber doch in der angenehmen Gegenwart zu erwachen, dem Wohlstand, zu dem man es mit unerhörter Tüchtigkeit und (»du verstehst schon«) »auch nicht ganz ohne Beziehungen« gebracht hatte. Besonders nach einem reichhaltigen Diner, wenn er einen Schuß Cognac im Napoleonglas zwischen den Händen wärmte, verweilte er gern bei seinem ehemaligen ärmlichen Lebensstil und den kargen Mahlzeiten.

»Stell dir vor«, sagte er und lehnte sich genießerisch zurück, »wie ich da sitze, in einer Kammer, tapeziert mit alten Zeitungen, einem Skelett an Mobiliar, wie ein Bühnenbild zu ›La Bohème‹, nur noch wackeliger, vor mir, auf einem aus Orangenkisten selbstgezimmerten Tisch, mein Nachtmahl: Brot mit Hering, immer Hering, dieser jämmerlichste aller Fische, der kein eigenes Gesicht hat, der nur in verwandelter Gestalt zu existieren scheint: Rollmops, Kipper, Bückling – bezeichnender Name! – alles Hering!« Wie ich schon angedeutet habe, schweifte er gern ab, aber ich muß sagen, es war immer amüsant, ihm zuzuhören.

Jedoch beim Hering blieb es nicht lang. Zunächst gewann Onkel Robert den Rom-Preis, denn das Auswahlkomitee war mit seinen Leistungen zufrieden, vor allem aber mit dieser anscheinend auf alt präparierten Mona Lisa, die nicht nur Aufsehen, sondern auch das wohlwollende Erstaunen erregte, mit welchem man einem übereifrigen und dennoch hochbegabten Musterschüler begegnet, der es sich aus Spaß an der Arbeit schwergemacht hat.

Onkel Robert indessen fuhr nicht nach Rom, sondern

nach London, zur Ausübung eines vorbereiteten amourösen Abenteuers, wie er mir einmal unter Augenzwinkern zu verstehen gegeben hat. Er war nicht nur ein genialer Fälscher, sondern auch ein Lebemann von Format.

In London ging ihm nach einigen Wochen hektischen Müßiggangs der Rom-Preis aus, so daß er sich, früher als erwartet, gezwungen sah, auf seine künstlerische Fertigkeit zurückzugreifen. Ein glücklicher Zufall führte ihn nach Hampton Court, diesem gepflegten Schloß, welches innen mit Hans Holbeins des Jüngeren Zeichnungen aller prominenten Mitglieder des zahlreichen Hofstaates Heinrichs des Achten tapeziert ist. Beim Anblick dieses Überflusses bemächtigte sich seiner das berechtigte Empfinden, daß es auf eine Hofdame mehr oder weniger nicht ankäme, und so beschloß er, eine zusätzlich zu erfinden, die er Lady Viola Pratt nannte, und deren Portrait er, nach eingehendem Studium, in genauer Holbein-Manier mit Blei- und Silberstift auf handgeschöpftes Papier zeichnete, welches er sodann mit Wachs, heißem Bügeln und anderen Kunstgriffen so lange bearbeitete, bis das Blatt praktisch ein Holbein war. Eine Expertise ergab denn auch, daß diese neuaufgefundene Zeichnung aus Privatbesitz echt sei, und es gelang Robert, das Werk zu einem Preis zu verkaufen, der ihm einige Monate sorglosester Existenz sicherte.

Und so beschloß er, nach Ägypten zu fahren, dem Traumland eines jeden, der nicht dort gewesen ist. Das bedeutete damals eine Seereise von etwa einer Woche.

Aber wie es eben bei schöpferischen Menschen so ist, war es auch bei ihm als Nachschöpfer: die Muse läßt sich nicht einschläfern. Schon auf der Überfahrt juckte es ihn in den

Fingern, und er verfertigte, einer lüsternen Laune nachgebend, einen kleinen Rubensakt. Es war kein Meisterwerk. Aber es sind ja schließlich auch nicht alle Werke von Rubens Meisterwerke.

In Kairo war soeben die Saison im Gange, und zur Zeit der Saison ließ sich damals so gut wie alles verkaufen. Und kaum war das Bild trocken, lernte er auch schon in Shepherd's Hotel, wo er wohnte, einen fünfundsiebzigjährigen östlichen Potentaten kennen, kurzatmig und von ungeheuerer Leibesfülle, von dem er annehmen durfte, daß er für dieses lapidare Bild Interesse zeigen würde. Der Potentat – es handelte sich um den Maharadscha von Sakuntalaja – kaufte das Bild zu einem guten Preis; er konnte es sich leisten, denn er gehörte jener Dynastie an, deren männliche Nachkommen noch heute ihr – gewöhnlich erhebliches – Körpergewicht mitsamt dem ihrer Lieblingsfrauen alljährlich von ihren Untertanen in Edelsteinen aufwiegen lassen.

Sein Freund, der Nabob von Rapundscharladschal, der dieses Bild gesehen hatte, bestellte ebenfalls einen Akt, in welchem Robert allerdings nun den Vorwand der Klassik fallenließ, um die gewünschten naturalistischen Effekte hervorheben zu können. Dafür verlangte er einen noch höheren Preis als für den Rubens. Aber auch dieser Käufer konnte es sich leisten, einen solchen Preis zu bezahlen. Ich glaube, die männlichen Nachkommen seiner Familie verkaufen ihr Badewasser für Platinbarren an die Mitglieder ihrer Sekte. Kurz, nachdem Robert der Kavalierswelt, die sich alljährlich am Nil traf, einige Bilder gemalt hatte – unter nunmehr völligem Verzicht auf künstlerische Transzendenz –, sah er ein, daß dieses geistige Klima nicht dazu angetan war, ihn seine höheren Ambitionen verwirklichen zu lassen, und er verließ dieses Land.

Er fuhr zunächst nach Konstantinopel, fertigte dort eine winzige byzantinische Ikone aus dem zwölften Jahrhundert an, die er an das türkische Nationalmuseum verkaufte; es folgte ein kurzer Besuch in Athen, welcher lediglich als Bildungsaufenthalt zu betrachten ist; denn da Robert im Nachschöpfen der Antike nicht bewandert war, mußte hier sein Ehrgeiz ungestillt bleiben. Dann bestieg er den Orient-Expreß, um in westlichere Regionen zurückzukehren.

In der ersten Dekade des Jahrhunderts war der Orient-Expreß noch ungleich romantischer als heute, da Chrom und Leder den roten Samt und die eingelegten Holzbilder – gewöhnlich stellen sie Schloß Chillon oder den Naumburger Dom dar – verdrängt haben und seine Abfahrts- und Ankunftszeiten mehr oder weniger im Kursbuch abgelesen werden können. Die Mitreisenden waren zumeist dunkle Teppich- und Haschischgroßhändler aus Saloniki oder Smyrna, die ruhig vor sich hindösten, mit müder Miene Sonnenblumenkerne kauten, deren Schalen sie ab und zu, trotz gegenteiliger Anweisung, auf den Boden spuckten; dazu, als Würze sozusagen, hier und da eine schöne Spionin mit dunkler Brille und langer elfenbeinerner Zigarettenspitze, die, wie jedermann weiß, noch heute den Orient-Expreß benutzen, um von und zu den Orten ihrer geheimnisvollen Tätigkeit zu gelangen; kurz, der ganze Zug schien schon damals voller eigens für dieses Beförderungsmittel erfundener Fahrgäste, die, an ihrem Bestimmungsort angelangt, auf rätselhafte Weise untertauchten; denn im Westen wird man ihrer niemals ansichtig, es sei denn auf Bahnhöfen, wo sie in ihre südöstliche Heimat zurückkehren.

Und nun folgt das Abenteuer, welches in gewisser Weise Onkel Roberts wie auch mein eigenes Leben bestimmen sollte.

Schon eine Stunde nach Abfahrt des Zuges saß Onkel Robert beim Diner im Speisewagen – es gab Hammelbraten in Hammelfett gebraten – einer der oben erwähnten Spioninnen gegenüber, einem besonders hübschen Exemplar, wie er sich ausgedrückt hat. (Er drückte sich oft frivol aus.) Er sprach sie an, indem er fragte, ob die Reise weit gehe. Etwas Besseres fiel auch ihm nicht ein; aber damals war die Welt noch größer, und daher lag für solche Fragen noch eine gewisse Berechtigung vor.

»Nicht sehr weit«, sagte die junge Dame.

»Sie sind doch sicherlich eine Spionin«, fuhr Onkel Robert fort.

»Ganz recht«, erwiderte die Dame.

»In wessen Diensten befinden Sie sich denn zur Zeit?«

»Vorläufig arbeite ich für die Procegovina.«

»Bezahlt die denn gut?«

»Nein. Im Augenblick ist mir die procegovinische Regierung noch einige Monatsgehälter schuldig.«

»Warum gehen Sie denn dann nicht zu einem anderen Land über?«

»Man muß eben bescheiden anfangen. Ich betrachte die Procegovina als ein Sprungbrett. Wer weiß, vielleicht kann ich schon im nächsten Krieg für eine Großmacht arbeiten.«

»Das wäre aber wirklich fein.«

»Wissen Sie, der Wunschtraum einer Spionin ist, im Krieg für zwei einander verfeindete Großmächte zu arbeiten. Aber nicht eine jede bringt es dazu.«

»Ja, ja«, sagte mein Onkel Robert und seufzte, »wir Menschen wollen alle zu hoch hinaus. Wir stecken unsere Ziele zu weit, anstatt wunschlos dahinzuleben.«

»Sie sind ja ein rechter Philosoph!« sagte die junge Dame und nahm ihre dunkle Brille ab, so daß Robert plötzlich in ein paar Augen sah, die er, der nicht zur Überschwenglichkeit neigte, als »göttlich« bezeichnet hat.

»Nun ja«, sagte er, von der Göttlichkeit verwirrt und etwas blödsinnig, »man macht sich doch über verschiedenes Gedanken.« Dann faßte er sich und fragte: »Machen Sie sich niemals Gedanken?«

»Ich?« Sie sah ihn mit den schon beschriebenen Augen an. »Nein. Wozu?«

»Nun, ich dachte nur. Denken Sie denn nie an die Zukunft?«

»Nein. Mein Beruf läßt mir keine Zeit. Er füllt mich aus. Es ist kein schlechter Beruf. Bedenken Sie: was steht denn heute einer Frau offen. Ja, in ein paar Jahren wird vielleicht die Emanzipation um sich gegriffen haben. Aber so weit sind wir heute noch nicht. Sind Sie eigentlich Diplomat?«

»Ich wünschte, ich wäre es. Aber ich enttäusche Sie lieber jetzt als später, wenn Sie mir Dokumente entwenden wollen. Ich bin keiner. – Sind Sie Procegovinerin?«

»Nein. Ich bin in Mährisch-Ostrau geboren. Mein Vater war kaiserlich-königlich österreichisch-ungarischer Husaren-Brigade-General, meine Mutter war eine Jüdin aus Omsk.«

»Für eine Spionin sind Sie aber ungeheuer offen!«

»Damit kommt man am weitesten. Da glauben einem nämlich die Diplomaten nicht, daß man Spionin ist. Sie glauben es mir doch sicherlich auch nicht!«

»Ich? Nein, keineswegs.«

»Sehen Sie! Ich glaube Ihnen nämlich auch nicht, daß Sie kein Diplomat sind.«

»Fein! Auf dieses gegenseitige Mißtrauen wollen wir anstoßen.«

Sie stießen an. Als die Flasche leer war, bestellte Robert eine zweite, und da man inzwischen im Speisewagen begonnen hatte, die Stühle auf die Tische zu stellen, um den Boden kehren zu können, nahmen sie die Flasche mit in Roberts Abteil. Als diese Flasche ebenfalls leer war, erinnerte sich Liane – wie er sie nun bereits nennen durfte –, daß sie noch ein Reisefläschchen mit Cognac in ihrem Abteil hatte, und so gingen sie in ihr Abteil am Ende des nächsten Waggons. Als sie nun auch dieses Fläschchen geleert hatten, war ihre Freundschaft schon weit über die Grenzen dessen gediehen, was man gemeinhin nach wenigen Stunden der Bekanntschaft erwartet, und die Vorbedingungen für eine schöne Nacht waren geschaffen.

Da Robert die Romantik der Situation nicht durch den Anblick säuberlich aufgehängter Kleidungsstücke beeinträchtigen wollte, ging er in sein Abteil, um sich auszukleiden, und kehrte nach kurzer Zeit im Pyjama zu Liane zurück. Seine Brieftasche hatte er zu sich gesteckt, eine Handlung, die von der ihm eigenen desillusionierten Umsicht zeugt. Aber er war eben mit den Praktiken einer Spionin nicht vertraut und wollte, falls Liane Belohnung beanspruche – eine Situation, die er allerdings nicht erwartete und keineswegs erhoffte –, nicht als Geizhals dastehen.

Die Nacht mit Liane war harmonisch und durch keinerlei Mißverständnisse getrübt. Die Brieftasche brauchte nicht beansprucht zu werden. Früh am Morgen – es war noch dunkel – verabschiedete er sich und verließ Lianes Abteil, um noch ein paar Stunden zu ruhen. Aber er kam nur bis zum Ende des Waggons, welches inzwischen auch das Ende des Zuges geworden war. Sein Waggon war abgehängt worden, oder vielmehr: die beiden Waggons nach Píloty, der procegovinischen Hauptstadt, waren von dem Zug, in welchem er nach Paris hatte fahren wollen und in welchem seine ganze Habe mitsamt Malutensilien und seinem Paß auch tatsächlich nach Paris fuhr, getrennt worden. Robert befand sich also im procegovinischen Zweig des Orient-Expreß im Pyjama.

Er ging zurück und klopfte an Lianes Tür. Liane öffnete ihm. Er trat ein und sagte, daß er wieder da sei und vorläufig hier bleibe.

Liane lag in ihrem Bett und rauchte eine Zigarette. »Wie seltsam«, sagte sie, »ihr Männer doch seid! Man verspricht euch nichts, und doch macht ihr immer gleich Besitzansprüche geltend.«

»Aber Sie wollen doch nicht sagen«, meinte Robert und setzte sich auf ihr Bett, »daß bei Frauen solche Fälle nicht vorkommen?«

»Bei mir nicht! Ich bin Ihnen doch nicht nachgelaufen!«

»Finden Sie, daß ich Ihnen nachlaufe?«

»Nun, gewissermaßen ja.« Liane lächelte zufrieden und besah ihre Fingernägel.

»Freuen Sie sich denn gar nicht«, fragte Robert, »daß ich zurückgekommen bin?«

»Sie gefallen mir schon«, sagte Liane, »aber jetzt wollte ich ein wenig schlafen.«

»Ja, das hätte ich auch gern getan«, Robert seufzte. »Aber ich habe kein Abteil mehr. Das heißt, ich habe ein Abteil, aber es ist nicht mehr an diesem Zug.«

»Wie kommt das?«

»Es ist von diesem Zug abgehängt worden und fährt nach

Paris. Wir dagegen fahren nach Píloty, wohin ich niemals zu fahren beabsichtigte. Jetzt sind Sie gewissermaßen das einzige, was ich auf der Welt habe, außer meinem Pyjama und meiner Brieftasche.«

»Wie kommt es, daß Sie Ihre Brieftasche bei sich haben?«

»Ich trage sie immer bei mir, selbst im Pyjama. Eine Angewohnheit von mir, die übrigens auch mein Vater schon hatte.«

Liane schien mit dieser Antwort zufrieden; sie gewährte ihm, diesmal in schwesterlicher Freundschaft, unter ihre Decke zu schlüpfen. Denn es wurde plötzlich kälter im Abteil. Zudem fuhr der Zug langsamer, und schließlich blieb er stehen. Die Lokomotive stieß noch einen Seufzer aus; dann herrschte völlige Stille. Nach einer Weile hörten sie Männerstimmen im Gang. Es wurde an die Tür geklopft. Liane steckte den Kopf unter die Decke, und Robert rief: »Herein!«

Zwei dunkle Männer in kohlegeschwärzten Arbeitsanzügen – der Lokomotivführer und der Heizer, wie Robert gleich kombinierte – und dazu der Schaffner traten ein und füllten das Abteil. Robert begrüßte sie so freundlich, wie es ihm in seiner Überraschung möglich war: er bedaure, sagte er, daß er weder mit Sitzgelegenheit noch mit etwas zum Trinken aufwarten könne. Aber sicherlich hätten die Herren ohnehin wenig Zeit. So ein Zug wolle gewiß gefahren sein!

Das sei es eben, weshalb sie kämen, sagte der Schaffner. Die Lokomotive sei beschädigt.

»Das tut mir leid«, erwiderte Robert, »aber ich verstehe nicht, weshalb Sie da zu mir kommen. Ich habe keinerlei Erfahrung im Reparieren von Lokomotiven, obgleich ich mir natürlich, falls Sie darauf bestehen, den Schaden einmal ansehen kann.«

»Das ist nicht nötig«, sagte der Lokomotivführer. »Wir können den Schaden selbst reparieren. Aber das kostet sechshundertfünfzig Zrinyi.«

»Auch dafür bin ich nicht zuständig«, sagte Robert, »ich würde Ihnen raten, sich an die Eisenbahndirektion – oder wie man so etwas zu nennen pflegt – zu wenden.«

Der Schaffner aber, welcher – nicht ohne Berechtigung – vermutete, Robert mißverstehe die Situation absichtlich, erklärte, daß man jetzt sogleich von ihm, Robert, sechshundertfünfzig Zrinyi haben wolle, andernfalls der Zug hier stehenbleibe. Es stehe dem Herrn zwar frei – und das gelte auch für die Dame unter der Bettdecke –, sich hier die Zeit zu vertreiben, aber er müsse sich darüber im klaren sein, daß der nächste Zug erst Donnerstag wieder vorbeikäme, und heute sei Montag; außerdem sei es kalt draußen. Die Gegend – hier zog der Schaffner den Vorhang vom Fenster zurück und deutete in die Dunkelheit – sei nicht freundlich: es handle sich um das blavazische Schroffsteingebirge, welches vornehmlich von muselmanischen Hirten bevölkert sei, die wenig Zuneigung gegenüber Fremden hegten. Die nächste Stadt hingegen sei Vlastopol, zweihundert Kilometer weit entfernt. Andrerseits, wenn der Herr sich entschließe, sechshundertfünfzig Zrinyi auf den Klapptisch des Abteils zu legen, sei die Sache aus der Welt geschafft, der Zug fahre weiter, es werde wieder warm im Abteil, und die Dame unter der Bettdecke könne wieder atmen.

Wie sie denn auf diesen Betrag gekommen seien, wollte Robert wissen.

Zweihundert, sagte der Schaffner mit entwaffnender Offenheit, seien für ihn, zweihundert für den Lokomotivführer und zweihundertfünfzig für den Heizer. Dieser beanspruche die extra fünfzig Zrinyi, da die ganze Sache sein

Einfall gewesen sei. Während er dies sagte, stand der Heizer stumm daneben und lächelte mit bescheidenem Stolz; dabei sah er aus, wie einer, dem es von nun an jederzeit nach Belieben gelänge, ähnliche köstliche Einfälle aus dem Ärmel zu schütteln.

Robert bot den Männern fünfhundert Zrinyi. An sich derart kühnen Ideen aufgeschlossen, war er Realist genug, um übermäßige Forderungen als unreell abzulehnen. Die Sache, so meinte er, sei fünfhundert Zrinyi wert, nicht mehr.

Der Schaffner indessen bestand auf den sechshundertfünfzig Zrinyi; schließlich – so sagte er – hätten sie alle drei auch noch Frauen und Kinder.

»Gibt es denn sonst keine Reisenden in diesem Zug«, fragte Robert, »die sich an diesem Unternehmen beteiligen?«

»Doch!« sagte der Schaffner, »im ersten Waggon ist noch ein einzelner Mann; ein Geschäftsreisender aus Frankfurt am Main. Er hat schon bezahlt, aber es war schwierig.«

»Wieviel haben Sie ihm denn berechnet?«

»Vierhundert Zrinyi. Er ist allein«, sagte der Schaffner und deutete mit Bedauern in der Miene auf den Teil der Bettdecke, unter dem Liane lag.

Nach dieser Rechnung, so dachte Robert, habe ich allerdings noch eine Ermäßigung erhalten; andrerseits hat Liane mich nun doch etwas gekostet, wenn auch nicht freiwillig. Er zahlte die sechshundertfünfzig Zrinyi, damals eine beträchtliche Summe. Die drei Männer verließen das Abteil, nachdem der Lokomotivführer versprochen hatte, nun doppelt schnell zu fahren.

Kaum jedoch hatten sie sich entfernt und Liane war entrüstet und erhitzt unter der Bettdecke hervorgekrochen, als

Robert ein Gedanke wie ein Blitz durchfuhr. Er rief den Heizer zurück; Liane holte einmal tief Atem und schlüpfte wieder unter die Bettdecke.

»Sie werden verstehen«, sagte Robert zum Heizer, »daß es mir peinlich wäre, am Hauptbahnhof von Piloty im Pyjama anzukommen. So etwas ist gewiß selbst in der Procegovina nicht üblich. Ich schlage Ihnen deshalb folgendes vor: ich ziehe Ihre Heizerkleidung an und versehe Ihren Dienst auf der Lokomotive. Ihre Tätigkeit wird sich wohl erlernen lassen; wer weiß, vielleicht wird sie mir einmal zugute kommen. Sie dagegen ziehen meinen Pyjama an und bleiben hier.«

Liane fuhr unter der Bettdecke hervor und rief empört, daß sie doch ernsthaft bitten möchte ...

»So meine ich es nicht«, sagte Robert, »er bleibt im Nebenabteil. Wir werden dem Schaffner ein kleines Trinkgeld geben: er soll ihn einschließen. Wie denken Sie darüber, mein Freund«, fragte er den Heizer. »Ich gebe Ihnen dafür weitere hundert Zrinyi.«

»Zweihundert!« sagte der Heizer. Dann breitete sich ein Lächeln auf seinem Heizergesicht aus; »oder für hundert bleibe ich hier bei der Dame.«

Ein ängstlicher Ausruf entfuhr Liane. »Nein«, sagte Robert energisch. »Sie gehen ins Nebenabteil und bekommen keinen Piaster mehr als hundert Zrinyi.«

»Hundertfünfzig!« bettelte der Heizer. »Ich habe Frauen und Kinder.«

»Frauen?«

»Ich bin Mohammedaner!«

»Na sehen Sie! Und da wollten Sie hier bei der Dame bleiben. Schämen Sie sich! Wenn das Ihre Frauen wüßten!«

Aber Robert gab ihm die hundertfünfzig Zrinyi. Er hatte

ein weiches Herz und Verständnis für die Ansprüche niedrigerer Schichten.

Schwarz und übernächtigt kam Robert am späten Morgen auf dem Hauptbahnhof von Píloty an; einer Stadt, welche für ihn bisher nicht mehr gewesen war als ein schwarzer Punkt auf der Landkarte der Balkanhalbinsel. Der einzige Mensch, den er hier kannte, war Liane, welche ihn, den sie in ihr kleines Spioninnenherz geschlossen hatte, sogleich mit sich in ihre Wohnung in der Szygmunt Musztar-Allee 133 nahm, um ihn mit einem Szaszlik szeszgógü zu bewirten. Dieses ist das procegovinische Nationalgericht – obwohl es heute die Blavazier als ihr Nationalgericht beanspruchen – und besteht aus kleingehacktem Hammelfleisch, Sojabohnen, rotem Paprika, türkischem Honig, schwarzem Pfeffer, Senf, Zwiebeln, Knoblauch mit Koriander, Pimentkörnern und Nelken gewürzt.

Robert beschloß sogleich, Liane über sein Tätigkeitsfeld nicht länger im unklaren zu lassen, und zwischen zwei Bissen Nationalgericht schenkte er ihr reinen Wein ein – alten würzigen thessalischén Hock 1899 –, um damit eine eventuelle Zusammenarbeit zu begießen.

»Ich will Ihnen einen Vorschlag machen«, begann er, »den Sie sich reiflich überlegen sollten. Wie ich Ihnen schon angedeutet habe, sage ich dem Beruf einer Spionin keine wirkliche Zukunft voraus. Wer weiß, wie lange es noch Kriege geben wird!«

»Erstens wird es immer Kriege geben«, prophezeite Liane, »zweitens müssen sich die Staaten auch ohne Kriege ihre Geheimnisse entwenden.«

»Ich sehe nicht ein, wozu. Passen Sie auf! Ich bin Kunsthändler und besitze Bilder von großem Wert. Sie haben aufgrund Ihrer Tätigkeit gute Beziehungen, mit denen Sie mir helfen können, die Bilder an den Mann oder gar an den Staat zu bringen. Dann könnten wir beide wunderbar und in Frieden davon leben, vielleicht in einer Villa, außerhalb der Stadt.«

»Seltsam«, sagte Liane und schüttelte den Kopf. »Man sieht Ihnen gar nicht an, wie bürgerlich Ihre Ideale sind. Ich hätte jedenfalls nicht gedacht, daß auch Sie einer von den Leuten sind, die einen immer auf das rechte Gleis bringen wollen. Jetzt kommt auch gleich das mit der verlorenen Kreatur.«

»Nein, das kommt nicht. Sie müssen mich ausreden lassen. Ich will keineswegs behaupten, daß mein Gleis das rechte ist. Oder sagen wir: es hängt von der Art der Betrachtung ab.«

»Wieso? Wenn ich Sie recht verstehe, so wollen Sie – geben Sie es doch zu – im Laufe der Zeit eine Kunsthändlersgattin aus mir machen. Etwas Respektableres dürfte es doch kaum geben.«

»Das will ich nicht sagen; es gibt noch Respektableres. Außerdem muß ich nun doch erwähnen, daß ich die Bilder erst anfertigen muß.«

»Ach so! Sie sind Maler! Ja, das ist allerdings schon etwas ganz anderes.«

»Ich bin kein Maler. Ich bin Fälscher. Aber ein großer, ein genialer Fälscher, keiner von diesen kleinen Wald- und Wiesenfälschern, die sich einen Abschnitt aus der Kunstgeschichte zu eigen machen und ihn auswendig lernen. Wissen Sie zum Beispiel, von wem die Mona Lisa im Pariser Louvre ist?«

»Ich habe keine Ahnung.«

»Ach so«, sagte Robert enttäuscht. »Sie sind in der Kunstgeschichte nicht bewandert. Sie hätten mir wahrscheinlich auch geglaubt, wenn ich gesagt hätte, daß sie von Leonardo da Vinci ist.«

»Ja. Ist sie von dem?« fragte Liane naiv.

»Nein, sie ist es nicht. Aber reden wir nicht weiter davon. Auf diesem Gebiet werde ich Sie nicht beeindrucken können. Dafür könnten Sie mich dieser Tage einmal dem Direktor der procegovinischen Nationalgalerie vorstellen. Sicherlich gehört er auch zu Ihren Freunden.«

Liane war empört und fragte, was er denn eigentlich von ihr denke. »So meine ich es nicht«, sagte Robert. »Ich meine es ganz offiziell.«

»Ja, offiziell kenne ich ihn allerdings. Es ist nämlich der Kultusminister selbst. Er heißt Sergey Srob. Er dichtet und komponiert übrigens auch.«

»Ein vielseitiger Mann also. Ja, ich möchte ihn gern kennenlernen. Sie werden sehen, wir beide werden uns großartig verstehen. Ich glaube nämlich nicht, daß ich mir von diesem Land einen falschen Begriff mache. Aber ich möchte noch ein wenig warten. Zunächst muß ich ein Bild fertig haben. Ob ich es einmal mit einem Rembrandt versuche?«

»Ich weiß nicht. Wenn Sie meinen —: ich verstehe von diesen Dingen nichts.«

Das Fälschen, so pflegte Onkel Robert zu sagen, sei nur durch ängstliche Sammler und ehrgeizige Museumsdirektoren in Verruf geraten. Diese hätten die öffentliche Meinung vergiftet und die Augen des Publikums unnötig weit geöffnet. Niemand wisse um den echten schöpferischen Vorgang, welcher mit der Ausübung dieser Tätigkeit verbunden sei, niemand ahne etwas von der ungeheuren Schwierigkeit, sich ganz in den Schöpfer des Vorbildes zu versetzen, welche Vorbedingung diesen Akt erst möglich mache. Mit Worten dieser Tendenz pflegte er den Bericht der erregenden Wochen in Lianes Wohnung einzuleiten, während derer er seinen ersten und einzigen Rembrandt fälschte.

Wenn auch die hochtrabenden Worte der Rechtfertigung mit einem Körnchen – ja, ich möchte sagen, mit einer ganzen Prise – Salz zu genießen sind, so kann man sich dennoch angesichts des Resultates – das »Bildnis des Cornelius Rademaker« – eines Ausrufes der Bewunderung nicht enthalten: dieser kühne Griff ist gelungen: Rembrandts Kraft und Tiefe, die Intimität seiner Beobachtung, alles, was diesen Meister zum begnadeten Fürsten unter den Malern aller Zeiten prägt, hat sich dem Fälscher mitgeteilt: hier sitzt ein alternder Mann vor uns, dessen Schicksal und Wesen sich in erschütternder Weise vor dem Betrachter offenbart.

(Eine kurze Zwischenbemerkung sei hier eingefügt, die vielleicht für den Experten von Interesse sein mag, wobei ich aber gleichzeitig hoffe, daß nicht auch etwa der angehende Fälscher sie sich zunutze macht: Robert versuchte zunächst, sein Portrait alla prima auf sandfarbene Grundierung zu malen, mußte aber nach einem erfolglosen Versuch davon absehen und legte sein Bild nun auf warmgrauer Untermalung in Ocker und Umbra an. Auch unterließ er es nicht, seinem Mijnheer Rademaker einen Armreif zu geben, um die helldunklen Kontraste zwischen dem von Rembrandt so geliebten Neapelgelb und den durchsichtig lasierten Tiefen voll auskosten zu können. Onkel Robert war auch in seiner ernstesten Arbeit ein Genießer.)

Da er sich, in genauer Befolgung der Rembrandtschen Technik, stark harziger Malmittel bediente, trocknete das

Pigment in kurzer Zeit gut durch, welcher Prozeß dazu durch das überaus günstige Klima der Procegovina noch beschleunigt wurde. Kaum hatte auch der Firnis den Glanz der Nässe verloren und, da er zu bald aufgetragen war, einige Sprünge verursacht, ließ sich Onkel Robert beim Kultusminister, Monsieur Sergey Srob, melden und wurde bald darauf vorgelassen. Den Rembrandt nahm er mit und bot ihn, nach einem eineinhalbstündigen Austausch von Höflichkeiten, während welchem manche Tasse türkischen Kaffees geschlürft wurde, dem Minister zum Ankauf für die procegovinische Nationalgalerie an. Mißliche Umstände, so sagte er, veranlaßten ihn, dieses pièce de résistance seiner – übrigens überaus reichhaltigen – Sammlung zu veräußern.

Der Kultusminister schob seine Brille nach oben. Dann prüfte er das Bild von hinten und von vorn mit dem Vergrößerungsglas, beklopfte es wie einen Patienten und meinte, es dürfe sich um die mittlere Periode des Meisters handeln.

»Friedländer«, sagte Robert, »meint 1639, Dessauer dagegen behauptet 1641.«

»Beides ist nicht weit von der Wahrheit!« sagte seine Exzellenz, »ich halte es für einen frühen Sechzehnhundertvierziger.«

»Das meint Honigstedt«, sagte Robert.

»Es besteht kein Zweifel«, fuhr der Minister fort, bestärkt durch Honigstedts Ansicht. »Dieser Strich, diese Pinselführung! Es ist die Pinselführung von 1640. – Sagen Sie, Herr . . .«

»Guiscard, Exzellenz, Robert Guiscard.«

»Ein berühmter Name. Sind Sie . . .?«

»Der Normannenherzog war ein Vorfahr von mir, Exzellenz.«

»So! Sagen Sie, Herr Guiscard, wie kommt dieses Bild in Ihren Besitz?«

»Mein Vater hat es mir vererbt. Sein Vater hat es aus niederländischem Privatbesitz erworben. Das war im Jahre 1867. – Nach dem Erdbeben.«

»So! Ja, ich kann nicht leugnen, daß ich dieses Werk gern für unsere Nationalgalerie hätte. Wir besitzen nur einen einzigen Niederländer, einen Rubens, und der ist – unter uns gesagt – nicht echt.«

»Dann gehört er aber kaum in die procegovinische Nationalgalerie.«

»Sie haben recht. Da gehört er eigentlich nicht hin. Aber, verstehen Sie, außer mir weiß das keiner, und ich habe nicht das Herz, die Regierung, geschweige denn die Öffentlichkeit, davon zu unterrichten. Und ohne mein Zutun wird es niemand erfahren, denn ich bin hierzulande der einzige Experte, der als unfehlbar anzusprechen ist. Glauben Sie mir, ich würde diesen Rubens gern durch Ihren Rembrandt ersetzen. Aber, Herr Guiscard: unsere Staatskassen sind leer; sie sind fast immer leer. So reich wir auch an Tradition und an alter Kultur sind, so arm sind wir an Barmitteln. Ja, wir sind ein armes Land.«

»Wenn dem so ist«, sagte Robert, »werde ich diesen Rembrandt dem Staate schenken, Exzellenz!«

Monsieur Srob sah ihn überrascht an und fand zunächst keine Worte. Dann fand er die Folgenden: »Ihre Großzügigkeit, Herr Guiscard, tut Ihrer normannischen Herkunft Ehre und setzt mich in Verlegenheit. Sie sind wahrlich ein Wohltäter des Fürstentums, und man wird es Ihnen zu danken wissen. Ich werde es dem Ministerpräsidenten melden; er wird es, ohne Zweifel, sogleich seiner Königlichen Hoheit weitergeben. Eine Auszeichnung sowie auch eine öffentliche Ehrung nebst einer Parade unserer Schuljugend dürfte Ihnen gewiß sein. Auch werde ich natürlich alles in die Wege leiten, daß Ihr Name in der nächsten Auflage der Lehrbücher erwähnt wird, und zwar schon für die Elementarstufe.«

»Diesen Schritt, Exzellenz«, sagte Robert, »halte ich für verfrüht. Ich will es Ihnen nicht länger verschweigen: wenn ich irgendwelche Ehrungen verdiene, dann nicht als Spender dieses Bildes, sondern als sein Verfertiger. Diesen Umstand würde ich der Elementarstufe vorenthalten, da es der Jugend, strenggenommen, nicht den rechten Weg weist.«

»Wie soll ich das verstehen, Herr Guiscard?«

»Exzellenz! Das Urteil, welches Sie mir vorhin über mein Werk gaben, ist zweifelsohne das eines Experten. Es spricht von Ihrer großen Sachkenntnis. Denn kein Sterblicher – und das schließt selbst Sie nicht aus, Exzellenz! – kann erkennen, daß dieses Bild nicht von dem unsterblichen Meister selbst, sondern von mir ist, der ich es ihm nachempfunden habe, und zwar zutiefst.«

»Aber das ist ja ein unerhörter Betrug!« rief der Minister empört.

Robert blieb ganz ruhig. »Genau, Exzellenz, es ist ein Betrug. Aber warten Sie noch mit Ihrer Verurteilung, bis ich meine Rechtfertigung vorgetragen habe. Es handelt sich um einen Betrug, der Ihrem Fürstentum sehr zugute kommen möchte. Ihre Staatskassen sind, wie Sie sagen, leer. Bedenken Sie: ich könnte Ihre Galerie mit Kunstschätzen füllen, an denen im Laufe der Zeit ausländische Museen und Privatsammler Interesse finden würden. Nicht nur das: ich könnte Ihnen einen großen klassischen Maler, einen Nationalmaler geben. – Allerdings müßte seine Existenz zunächst einmal historisch untermauert werden.«

»Aber wie stellen Sie sich das vor, Herr Guiscard?« fragte der Minister, schon wesentlich ruhiger. Er hatte sogleich begriffen.

»Ich denke es mir folgendermaßen, Exzellenz: zuerst findet man das großartige Gemälde eines unbekannten Meisters, in schlechtem Zustand, selbstverständlich. Dann folgt ein zweites. – Der Name des Unbekannten enthüllt sich mit Hilfe eines versierten Kunsthistorikers, den wir allerdings mit Vorsicht aussuchen müßten. Nun geht man den Spuren nach, zum Fundort, am besten zu einem dieser orthodoxen Klöster im Süden Ihres Landes, und – sieh da! – man findet eine Reihe weiterer Gemälde des unbekannten Meisters, der sie hier vor vielen hundert Jahren in aller Stille und Zurückgezogenheit von der Welt gemalt hat. Und dann kommen zuerst die amerikanischen Sammler, und dann, sogleich danach, die europäischen, die empört sind, daß alle Kunst nach Amerika geht, und so kommt die Procegovina zu Geld.«

»Und Sie auch.«

»Exzellenz, Sie können kaum von mir erwarten, daß ich meine Arbeitskraft selbstlos dem Staate opfere, ohne irgendwelchen Nutzen daraus zu ziehen. Das hätte übrigens ein echter Nationalmaler auch nicht getan.«

»Natürlich. Sie haben ganz recht.« Dann überlegte der Minister eine Weile, ging einmal auf und ab, blieb vor Robert stehen und sagte nicht ohne Bewunderung im Tonfall: »Herr Guiscard, Sie scheinen über allerhand Künste zu verfügen, von denen die Überredungskunst nicht die geringste ist.«

»Sie ist gering«, sagte Robert bescheiden, »verglichen mit der Kunst meines Pinsels.«

»Sie sind ein rechter Teufelskerl.« Der Minister lächelte.

Robert verbeugte sich. »Nur ein ergebener Diener des procegovinischen Fürstentums. Das heißt: wenn Sie so wollen.«

Nur vierundzwanzig Stunden nach dieser Unterredung wurde Robert zu einer Audienz bei seiner Königlichen Hoheit, Fürst Jaroslavl dem Fünften, befohlen und sofort nach der Ankunft vorgelassen. Seine Königliche Hoheit, bereits genauestens unterrichtet, empfing ihn in jovialer Huld. Mit charmanter Verschmitztheit, welche sein hohes Alter noch zu betonen schien, hob er drohend den Zeigefinger und sagte: »Er ist ein Schelm, Guiscard!«

Robert verbeugte sich tief und sagte dann: »Gewiß, Königliche Hoheit. So könnte man es auffassen. Indessen, ich bitte Königliche Hoheit zu bedenken, daß ich auch das Beste Ihres Landes im Auge habe, zu dessen Wohlstand die Durchführung meines Planes gereichen würde.«

»Er sei meiner Huld versichert«, sagte der Landesvater. »Aber vergesse Er nicht, wenn Er wirklich das Wohl unseres Landes im Auge hat, auch die Taten unseres Nationalhelden Szygmunt Musztar durch seine Kunst zu verewigen. Das ist ein Nationalmaler einem Nationalhelden schuldig.«

»Ich werde mich über das Leben des Nationalhelden genauestens informieren, Königliche Hoheit.«

»Szygmunt Musztar hat im dreizehnten Jahrhundert mit einer Handvoll Getreuer unser Land von den Blavaziern, den Rumänen, den Woywoden, den Magyaren, den Tataren und Wolhynen befreit.«

»Von allen zur gleichen Zeit, Königliche Hoheit?«

»Nacheinander.«

»Ich werde es zu schildern wissen, Königliche Hoheit.«

»Er mag mit seiner Arbeit fortfahren«, sagte der Landesvater freundlich und bedeutete ihm mit einer Handbewegung, daß er entlassen sei. Dann fügte er etwas leiser hinzu: »Aber Guiscard: sei Er vorsichtig!«

»Vorsicht, Königliche Hoheit«, sagte Robert, »liegt auch in meinem eigenen Interesse.« Und mit einer tiefen Verbeugung verließ er, rückwärts schreitend, den Audienzsaal.

Ayax Mazyrka, so sollte der procegovinische Nationalmaler heißen, sein Biograph dagegen hieß Wilhelm Bruhlmuth. Auf Roberts dringendes Anraten hatte man einen deutschen Kunsthistoriker engagiert. Denn diese sind nicht nur die sachverständigsten, sondern auch die verläßlichsten. Und Verläßlichkeit war hier in zweifachem Sinne erforderlich: erstens als reine Eigenschaft, aufgrund derer man erwarten durfte, daß die Identität Mazyrkas Außenstehenden nicht enthüllt werde, und zweitens als Nimbus: der Ruf, den der deutsche Sachverständige – mit Recht – genießt, bürgt für die Qualität und vor allem für die Wesentlichkeit des behandelten Gegenstandes. Und tatsächlich erfüllte Bruhlmuth die an ihn gestellten Anforderungen zur restlosen Zufriedenheit des Häufleins Eingeweihter. Seine Arbeit »Ayax Mazyrka und der procegovinische Frühbarock« (Vier Bände, Leipzig 1912, bei Tröpte und Sassenreuther) ist nicht nur das Standardwerk über dieses kunstgeschichtliche Phänomen, sondern muß auch von solchen, die um die wahre Identität Mazyrkas wissen, als ein Werk von erstaunlicher wissenschaftlicher Phantasie angesprochen werden: es wird später einmal vor allem solche Leser ergötzen – leider gibt es derer heute nur wenige –, welche selbst ein wissenschaftliches Werk um der Darstellungskunst und nicht um der Wesentlichkeit des Dargestellten willen lesen.

Es würde hier zu weit führen, wollte ich aus diesem umfangreichen Werk zitieren; um aber dennoch die Persönlichkeit Mazyrkas für solche Leser zu umreißen, welchen der Name nicht mehr bedeutet als ein bloßer kunstgeschichtlicher Begriff, will ich den kurzen Abschnitt aus Riedelmayers Goldenem Handbuch der Kunst (neunte Auflage, 1913) wiedergeben, der sich mit diesem Meister befaßt. Hier heißt es:

»*Mazyrka* (auch Masyrka, oft fälschlich Masirka) Ayax, bedeutender procegovinischer Maler des frühen siebzehnten Jahrhunderts, der ›Procegovinische Rembrandt‹ benannt. Geboren 1579 (?) als Sohn unbemittelter, aber bibelkundiger Bauersleute zu Pyromyszl bei Vlastopol in der südlichen Procegovina. Über die frühe Jugend ist wenig Authentisches bekannt. (Man hüte sich hier vor entstellenden Schriften, die sich bemühen, ein allzu romantisches Bild von der Kindheit des Meisters zu geben.) Im Jahre 1594 lernt der junge Ayax El Greco kennen, der sich auf der Durchreise von Kreta nach Spanien in der Procegovina aufhält. Dieser entdeckt in einigen, mit einem Stein in die Mauern des elterlichen Bauernhauses eingeritzten, Zeichnungen die große Begabung des Jünglings, erklärt ihm die Anwendung des Zeichenstifts und erteilt ihm einigen elementaren Unterricht im Malen. Wenige Jahre später entstehen, noch unter dem Einfluß El Grecos, die Gemälde: ›Saul vertreibt die Galiläer aus seinem Palast‹ (1597, procegovinische Nationalgalerie, Píloty) und ›Joseph und das Weib des Potiphar‹ (1598, Privatbesitz). Später befreit sich M. von dem Einfluß El Grecos, und sein Stil wird unmittelbar und dicht. In den Jahren 1617-1628 entstehen die dichtesten seiner Gemälde: ›Szygmunt Musztar ruft zum Feldzug gegen die

Rumänen und Tataren auf‹ (1617, Kaiser-Friedrich-Museum, Berlin), ›Szygmunt Musztar vor Adrianopel‹ (1619, National Gallery, London), ›Szygmunt Musztar reitet gegen die Woywoden‹ (1620, Louvre, Paris), ›Überraschtes Liebespaar‹ (1624, Uffizien, Florenz) und ›Szygmunt Musztar auf dem Sterbelager‹ (1628, Utah State Gallery, Salt Lake City). Im Jahre 1629 wird M. als Haremsmaler an den Hof Solimans des Neunten nach Konstantinopel berufen, wo die Portraits ›Suleika‹ (1631, Privatbesitz) und ›Zamira‹ (1633, Privatbesitz) entstehen, jedoch verläßt er diesen bereits nach sechs Jahren, da er sich auf die Dauer von der Haremsatmosphäre beengt fühlt. Er kehrt in seine procegovinische Heimat zurück, wo er bis zu seinem Tode in dem orthodoxen Kloster Ludomhir lebt und sich mit unermüdlicher Schaffenskraft seiner großen Sendung widmet. Hier schließt er im Jahre 1649, umringt von einer Schar orthodoxer Mönche und Nonnen, für immer die Augen. Seine hier entstandenen Spätwerke ›Europa und der Stier‹ (1646, Municipal Gallery, Munich, California), ›Leda und der Schwan‹ (1647, Kaiserliches Palais, St. Petersburg) und ›Satyr und die Epheben‹ (1646, Homer S. Walther-Stiftung, Ischia, Alabama) sind vielleicht als seine reifsten Werke anzusprechen.

Mazyrkas Werke galten lange Zeit als verloren und wurden erst in den Jahren 1909 bis 1913 in dem orthodoxen Bergkloster Ludomhir (siehe auch bei *Byzantinismus* und *Treppenbau*) aufgefunden, wo sie vermutlich seit der Zeit der procegovinischen Befreiungskriege aufbewahrt und seitdem vergessen waren.

Literatur: Wilhelm S. Bruhlmuth: ›Ayax Mazyrka und der procegovinische Frühbarock‹, Timothy Bothams-

worth: ›A Concise Gide to the Last Paintings of Ayax
Mazyrka‹, Desžö Poliakowsky: ›Zu strzomay Ayaxu
Mazyrkagu valorrzszsy?‹, Giselher Föhrwald: ›Der Kön-
ner aus dem Bergkloster – ein Mazyrka-Roman‹.«
(Föhrwald ist ein deutscher Autor vielgelesener Tatsachen-
berichte, Poliakowsky ein procegovinischer Bruhlmuth-
Schüler. Wer sich allerdings hinter dem Namen Bothams-
worth verbirgt, habe ich niemals erfahren; wahrscheinlich
aber Bruhlmuth selbst.)
Robert erhielt ein geräumiges Haus am Boulevard de la
Liberté Procegovinique, einen Zweispänner und ein groß-
zügiges Monatsgehalt, von welchem er mit Liane, die ihre
Spionagetätigkeit vorläufig aufgegeben hatte, in einem Stil
leben konnte, der seinen – erheblichen – Ansprüchen genügte. Von seiner Tätigkeit erfuhr niemand außer dem Fürsten, dem Premierminister, dem Kultusminister, dem Finanzminister und dem Kunsthistoriker Bruhlmuth. In den
Augen der Öffentlichkeit galt er einfach als Kunstsachver-
ständiger und Sammler, daher auch sein Lebensstil durchaus nicht ungewöhnlich schien. Denn alle, die etwas mit
Kunst zu tun haben, sind reich, außer den Künstlern.

Jedoch Reichtum und Sicherheit sind zweierlei. Onkel Robert versäumte nicht, manchen Sparzrinyi zurückzulegen,
den er zwecks Gründung von Stammbaum und stilvollem
Heim seiner Schwester Lydia schickte; dieses sollte als Zu-
fluchtsstätte dienen, im Falle er sich gezwungen sähe, die
Procegovina plötzlich zu verlassen, und nicht mehr jung genug sei, sich auf die im vorigen geschilderte abenteuerliche
Art eine neue Existenz aufzubauen. Auch gedachte er, hier
in beschaulicher Zurückgezogenheit seinen Lebensabend
zu verbringen.

Ich – in diesem Heim herangewachsen – stellte also gewissermaßen eine von Onkel Roberts Ersparnissen dar; so ist also Roberts Genugtuung zu erklären, als er an diesem Nachmittag im Frühherbst sah, daß ich mich wohl dazu eignete, das von ihm aufgebaute Werk weiterzuführen. Schließlich konnte weder er noch ich, der ich zu diesem Zeitpunkt seine Absichten nicht kannte, die Entwicklung der Dinge vorausahnen.

Als ich siebzehn Jahre alt war, verließen Philipp und ich das Haus meiner Tante Lydia, welches ich niemals wiedergesehen habe. Zur Zeit unseres Abschiedes glich es einem von verwegener, jedoch willkürlicher, Hand geleiteten Museum; und in der Tat hatte Tante Lydia vor einiger Zeit begonnen, nun auch anonyme Schaulustige aller Klassen und Nationen einmal im Monat durch das Haus zu führen. Eintrittsgeld verlangte sie dafür nicht, denn sie betrachtete diese Aktivität als einen Beitrag zur Volkserziehung, welcher auf der Kreditseite der – schon erwähnten – endgültigen Abrechnung zu buchen sei.

Ich darf annehmen, daß meiner Tante der Abschied von Philipp wesentlich schwerer wurde als der von mir; aber nun, da es, mangels eines Zöglings, für sie keinen Vorwand mehr gab, ihn zu halten, blieb ihr nichts anderes übrig, als ihn mit gefaßter Miene ziehen zu lassen. Ursprünglich hatte sie, wie ich später von Philipp erfuhr, den Gedanken erwogen, ein neues Kind zu adoptieren; jedoch dieser hatte ihr auf eindeutige Weise zu verstehen gegeben, daß er die Rolle eines Hauslehrers kein zweites Mal zu spielen gedenke, und so sah sie davon ab. Wie es mir erscheint, so war es auch weniger die Unlust an seiner behaglichen und scheinbar auf absonderliche Art befriedigenden Lehrtätigkeit, was ihn veranlaßte, seine gesicherte und bequeme Existenz aufzugeben, als vielmehr der Umstand, daß er sich von Tante Lydia befreien wollte, deren Reize im Schwinden begriffen waren. Philipp hatte sie wohl niemals ernsthaft glauben gemacht, daß er ihr in wirklicher Liebe zugetan sei, denn es war ihm nicht gegeben, eine Empfindung vorzutäuschen – seine Begabung auf dem Gebiete der Täuschung beschränkte sich auf konkretere Dinge –, und nun nahm er die Gelegenheit wahr, um seine Beziehungen zu ihr endgültig zu lösen.

So war also die Stunde des Abschieds von Tante Lydia gekommen, und ich muß sagen, sie trug ihn mit einer Haltung, die ihr Ehre tut. Auch sie war inzwischen wohl zu der Einsicht gelangt, daß von nun ab dieses Verhältnis, welches immerhin einige Aspekte bot, über die sie bisher mit blinder Sorglosigkeit hinweggegangen war, mit der Würde einer alternden Dame nicht länger zu vereinbaren sei (wenn sie auch später diese Einsicht wieder verlieren sollte).

Obzwar mir damals für die Tragik einer solchen Situation noch das rechte Verständnis fehlte – wie hätte ich es haben können? –, wurde ich mir in einer gewissen hilflosen Weise des Mitgefühls bewußt, welches ich jedoch verdrängte: schließlich hatten wir niemals Gefühle zueinander aufkommen lassen, und nun, da es zu spät war, wollte ich ihr nicht mehr zeigen, daß ich ihrer Lage Verständnis entgegenbrachte. Dies hätte sie nur beschämt, denn in ihren Augen war ich noch ein Kind. Zudem wäre sie sich vielleicht eines gewissen Versäumnisses bewußt geworden, welches gutzumachen es nunmehr zu spät war, und damit wollte ich ihr Gewissen nicht belasten. Und schließlich hatte sie ja auch noch ihre Sammlungen, denen sie eine, wenn auch nicht stürmische, so doch unwandelbare Neigung entgegenbringen mochte.

Zum Abschied schenkte sie mir einen wertvollen Ring, wohl ein altes Erbstück, wenn auch sicherlich nicht unserer eigenen Familie, der mir, wie sie sagte, Glück bringen solle. Dieses hat er zwar nicht gebracht, dafür aber hat der Ertrag für seinen Verkauf mir späterhin über einige Wochen finanzieller Krise hinweggeholfen.

Mein Reiseziel war die Procegovina; Philipp dagegen gedachte, nach Paris zu fahren, um nach zehnjähriger Unterbrechung die Fäden des Kunsthandels wieder aufzunehmen. Vorher jedoch sollte er mir bei den Reisevorbereitungen beistehen, mir das procegovinische Aufenthaltsvisum, die weiteren vier Durchreisevisa sowie Reiseschecks und Fahrkarte besorgen und mich in den rechten Zug setzen; alles Aufgaben, welchen er mit der ihm in seltsamer Weise eigenen Gründlichkeit und Gewissenhaftigkeit nachkam. Auch unterließ er es nicht, mir noch auf dem Wege zum Bahnhof einige Ratschläge zu erteilen, die mir auf dieser meiner ersten Reise zugute kommen sollten:

»Rede immer bereitwillig mit deinen Mitreisenden, beantworte ihre Fragen ausführlich und geh dabei möglichst ins Detail. Nur das kann sie veranlassen, mit ihren Fragen wieder aufzuhören. Wenn sie beginnen, die Beispiele aus vergangenen Erfahrungen aufzuzählen, übertrumpfe sie mit deinen eigenen, und suche sie in den Schatten zu stellen. Dann hast du zunächst einmal Ruhe; wenn du aber versuchst einzuschlafen, dann kommt gewöhnlich der Fahrkartenkontrolleur und weckt dich auf.

Dein Paß ist in Ordnung, die nötigen Visa hast du. Auch

hast du nichts bei dir, was etwa zollpflichtig wäre. Du hast also ein reines Gewissen, zumindest soweit es deine Reise betrifft. Dennoch wirst du finden, daß sich, angesichts der verschiedenen Grenz- und Zollbeamten, ein Gefühl der Schuld deiner bemächtigt. Dieses ist dir und uns allen angeboren, und es ist müßig, dagegen ankämpfen zu wollen. Angesichts der Beamtenwelt fühlen wir uns alle schuldig, und – ach! – viele von uns sind es auch.

Misch dich deshalb auch niemals ein, wenn einer deiner Mitreisenden in Konflikt mit solchen Beamten gerät. Das könnte für dich nur von Nachteil sein. Sei vielmehr froh, wenn du selbst unbehelligt bleibst.«

Damit waren wir am Bahnhof angelangt. Mein Zug stand schon auf dem Gleis. Wir fanden sogleich ein leeres Abteil, und Philipp half mir, mich darin einzurichten. Dabei setzte er seine Belehrungen fort:

»Nun trennen sich also unsere Wege. Wer weiß, ob wir uns jemals wiedersehen! Ich will dir weder Furcht vor dem Leben einjagen, noch will ich behaupten, daß du gefährdeter bist als andere Leute deines Alters; im Gegenteil; ich darf sogar annehmen, daß du dich, dank meiner Vorbereitung, vielleicht über weniger Dinge wundern wirst, als solche es täten, die eine Erziehung nach althergebrachten Grundsätzen genossen haben. Solltest du aber jemals meine Hilfe brauchen, so teile es mir mit. Du findest eine Karte mit meiner Adresse in deinem großen Koffer, und zwar habe ich sie in ein Buch gelegt. Das Buch ist von Rabelais und ist mein Abschiedsgeschenk an dich. Ich würde dir raten, gleich nach der Abfahrt mit dem Lesen zu beginnen. Wenn du die darin beschriebenen Abenteuer deinen Mitreisenden gegenüber als deine eigenen ausgibst, so werden sie alle verstummen.«

68

Philipp schwieg, und ich merkte, daß er tatsächlich gerührt war. Um die nun folgende Pause beherrschter Verlegenheit abzukürzen, beschloß ich, etwas zu sagen oder zu fragen, und sah hilflos aus dem Fenster. Mein Blick fiel auf einige Plakate, wie sie seltsamerweise auf Bahnhöfen angebracht sind, welche, geschmückt mit Darstellungen verschiedener Landschaften, aufforderten, den deutschen Rhein, den Luftkurort St. Ignaz zu besuchen oder eine Nordland- bzw. eine Mittelmeerfahrt zu machen – gelte diese Art der Werbung, so fragte ich Philipp, wohl solchen Leuten, welche, auf dem Weg zum Bahnhof noch unentschlossen, ihre Entscheidung dem Wirken solcher Plakate überließen?

»Nein«, sagte Philipp, und es war seinem Gesichtsausdruck anzusehen, daß ihn der Mangel an Zusammenhang zwischen seinen Ausführungen und meiner Frage nicht nur keineswegs verletzte, sondern ihm sogar willkommen war; »nein, sie gilt vielmehr solchen, die, soeben von einer geglückten Reise heimgekehrt, nunmehr auf den Geschmack des Reisens gekommen und in einem solchen Zustand besonders beeindruckbar sind.«

Denn so war Philipp Roskol. Stets erfand er, ex tempore, eine besonders plausible und einfache Erklärung eines Umstandes, über welchen niemand jemals nachdenkt. Zweifelsohne war dies bei ihm eine Errungenschaft, die positiv zu werten ist, denn sie drückt das Suchen nach einer Art vereinfachter Wahrheit aus; davon zeugt allein auch die Tatsache, daß er schließlich als einzige der hier beschriebenen Personen aus dem Geschehen der Zeit geläutert hervorging.

Mein Zug war ein Fernschnellzug, das heißt, eine aus zwei oder drei Waggons bestehende Kette, welche jeweils an solche Züge angehängt wird, die, scheinbar zufällig, in Wirklichkeit jedoch einer unumstößlichen und für Reisende unbegreiflichen Ordnung folgend, einen Teil der zurückzulegenden Strecke fahren.

Der Hauptteil meines Interesses galt zunächst der behördlichen Aktivität an den Grenzen. Aber auch dieses Interesse ließ nach, als ich bemerkte, daß sich dieser Vorgang jedesmal mit minuziöser Genauigkeit wiederholte: der dunkelblaue Zivilist, der einem in die Brieftasche guckt, der Uniformierte, welcher einen auf die Verneinung der Frage, ob man etwas zu verzollen habe, gelinde zu bestrafen sucht, indem er im Koffer wühlt und mit der Bewegung einer sanft spielenden Katze das Unterste zuoberst kehrt, der dritte Mann, der die Pässe stempelt, nicht ohne sie vorher mit einer großen Liste verglichen zu haben, die er bei sich führt.

Dann steht der Zug lange, aber ein gelegentlicher Ruck – das Anprobieren mehrerer Lokomotiven, welche alle nicht recht zu passen scheinen – entmutigt einen von dem Vorhaben, auszusteigen; wenn man es dennoch versucht, findet man gewöhnlich die Waggons versiegelt. Man ist eingesperrt.

Der Zug fährt ab, kommt aber sogleich wieder zurück. Hat die Lokomotive wieder nicht gepaßt? Aber das war es nicht: er steht auf einem anderen Gleis; er ist zurückgekommen, um ein paar weitere Waggons abzuholen, die hier versehentlich stehengelassen worden sind. Eszchedehétely-Prosk steht auf ihnen zu lesen. Regionaler Verkehr also. Mit wachsender Spannung sieht man zu, wie drüben eine embryonale Lokomotive ein paar für sie viel zu große Waggons auf ein Gleis zieht und sie von diesem in umgekehrter

Ordnung wieder auf das vorige Gleis zurückschiebt, alles in völligem Schweigen, als sei diese Routine die selbstverständlichste der Welt. Man versucht, in diesem Rangiersystem eine Methode zu entdecken. Aber das gehört in das Gebiet der Eisenbahn-Metaphysik.

Schließlich fährt der Zug ab, aber er fährt nicht weit. Nach wenigen Kilometern, jedoch in einem neuen Land, bleibt er stehen. Und wieder treten dieselben Personen auf, pünktlich wie in einem Mysterienspiel, nur tragen sie andere Gesichter und sprechen eine andere Sprache. Der dunkelblaue Zivilist, der einem die Barmittel abnehmen möchte, der Herr in der Uniform kleinerer Dienstgrade, der im Koffer wühlt, und zwar nach Gegenständen, die man in das neue Land nicht einführen darf, bei welchen es sich keineswegs um die gleichen Gegenstände handelt, die man aus dem vorigen Land nicht ausführen durfte – denn selbst in solch kleinen Dingen scheinen sich die Interessen der verschiedenen Länder auf spitzig-hämische Weise entgegenzuarbeiten –, und schließlich der dritte Mann, der die Pässe stempelt.

Dieser indessen gibt mir nun doch zu denken: denn auch er vergleicht unsere Pässe mit einer großen Liste in Buchform; und ich möchte wissen, ob sich der Inhalt dieser Liste mit der des vorigen Landes deckt; man würde gemeinhin annehmen, daß, während die eine Regierung froh ist, sich einer unerwünschten Person entledigen zu können, und ihr nur allzu willig die Ausreise gestattet, die Regierung des Nachbarlandes ebendiese Person nicht aufzunehmen gewillt ist: und so pendelt der Unglückselige für immer und ewig in dem schmalen Streifen Niemandsland zwischen den Grenzen hin und her. Mag sein, daß diese Vorstellung phantastisch ist, aber ein derartiges Bild drängt sich dem Uneingeweihten zwangsläufig auf. Bis heute habe ich keinen Einblick in dieses geheimnisvolle Gebiet.

Aber der Leser wird diese Beschreibung als die eines verspäteten Chronisten belächeln. Denn damals war die Funktion des Grenzarztes, welcher während der Fahrt durch den Streifen Niemandsland das Abteil betritt, den Reisenden auffordert, ihm die Zunge zu zeigen, und ihn sodann einer oberflächlichen Untersuchung mit dem Stethoskop unterzieht, noch nicht bekannt, von den an besonders heiklen Grenzen sich häufenden Fällen einer Blut- und Harnuntersuchung ganz zu schweigen. Auch gehört ja bekanntlich heute an den Grenzen der fortschrittlicheren Länder eine Röntgendurchstrahlung durchaus zur Tagesordnung. Indessen, das Gerücht, nach welchem dem Reisenden an der Grenze des Bestimmungslandes sowohl aus prophylaktischen als auch aus Sicherheitsgründen der Magen ausgepumpt werden soll, hat sich bisher noch nicht bewahrheitet, obgleich die hygienisch auf einsamer Höhe stehenden Vereinigten Staaten von Amerika seit langem ein derartiges Gesetz einzuführen sich bemühen sollen. Während ich dies schreibe, ist es vielleicht schon soweit.

Die ersten vierundzwanzig Stunden war mein Abteilgefährte ein Korinthen-Großkaufmann aus Szcitegoye. Dieser protestierte an jeder Grenze erneut gegen jeglichen Verdacht des Schmuggelns, und zwar so heftig – indem er eine ganze Skala mimischer Mittel zu Hilfe zog, sein Hosentaschenfutter nach außen krempelte und die Brieftasche aus dem Fenster warf –, daß ich bald zu der Überzeugung gelangte, er habe kein reines Gewissen, welcher Verdacht sich dann auch bestätigte, als an der dritten Grenze einige Uniformierte das Abteil betraten, das Polster unter ihm aufschlitzten, einen Goldbarren hervorzogen und den Korinthen-Großkaufmann verhafteten. Später erfuhr ich allerdings vom Schaffner, daß der Besitzer des Goldes, welcher wohlweislich in einem anderen Abteil gesessen hatte, schon an der vorigen Grenze verhaftet worden war, und zwar aufgrund von Schmuggelware, die *mein* Nachbar unter *seinem* Sitz versteckt hatte. Dieser hatte ihn nun angezeigt, um wenigstens sein eigenes Vergehen und nicht das eines anderen sühnen zu müssen, was durchaus verständlich ist. So etwas kam in diesen Gegenden öfters vor. Jedenfalls setzte ich mich sogleich auf den aufgeschlitzten Sitz, damit man an der nächsten Grenze nicht auch unter *mir* Gold entdecke.

Der Zug fährt ab. Es wird dunkel. Bald sehe ich im Fenster, durch welches ich den landschaftlichen Charakter des Durchreiselandes studieren möchte, nichts mehr als die trübe Reflexion des Abteils. Ich schlafe ein, und der Fahrkartenkontrolleur kommt und weckt mich auf, bloß um mir zu bestätigen, was ich ohnehin wußte, nämlich, daß ich im rechten Zug sitze.

»Píloty!« sagt er, sieht ernst auf meine Fahrkarte und nickt.

»Píloty!« sage auch ich ernst, nicke ebenfalls und vergrabe meinen Kopf hinter dem Mantel, um es nochmals mit dem Schlafen zu versuchen.

Aber als ich nach kurzer Zeit den Kopf wieder unter dem Mantel hervorstrecke, sitzt da, wo ich vorher saß, ein Herr, der nur auf den Moment gelauert hat, da ich aufwache, um mich anzusprechen.

Es ist zu spät. Er fragt, ob die Reise weit gehe.

»Das«, sage ich und denke an Philipps Ermahnungen zur Ausführlichkeit, »kommt darauf an, ob Sie die Entfernung von meinem Ausgangspunkt mitrechnen wollen oder nicht. Wenn ja, dann kann ich wohl sagen, daß ich auf einer weiten Reise bin. Dagegen ist es von hier nicht mehr sehr weit. Ich fahre nach Píloty.«

»Da fahre ich auch hin«, sagte der Herr. »Ich bin Procegoviner. Kennen Sie die Procegovina?«

Ich verneine und suche schnell nach einer ausführlichen Begründung, weshalb ich die Procegovina noch nicht kenne.

»Ein schönes Land«, sagt der Herr, bevor ich eine solche gefunden habe. »Auch ein interessantes Land. Voller Tradition. Man kann sagen, daß es unter den europäischen Kulturländern eine führende Stellung einnimmt. Haben Sie schon etwas von Serban Vasztozhínu gelesen?«

Ich verneine.

»Noch nicht? Sie müssen ihn lesen! Er ist in einunddreißig Kultursprachen, neun andere Sprachen und ins Schweizerdeutsch übersetzt. Unser Nationaldichter. Einer der größten Dichter aller Zeiten. Er wird der Procegovinische Shakespeare genannt. Er hat ein über zwölftausend Zeilen langes Gedicht über Szygmunt Musztar geschrieben. Sie wissen, wer Szygmunt Musztar war!!«

Ich verneine.

»Nicht? Unser Nationalheld! Einer der größten Nationalhelden aller Zeiten. Er hat im dreizehnten Jahrhundert gelebt und mit einer Handvoll Getreuer gegen die gesamte türkische Armee gekämpft. Durch seine List ist die ganze Armee in der Kretinitza ertrunken. Dann wandte er sich nordwärts gegen die Woywoden und Wolhynen. Sie fielen alle in . . .«

Meine Gedanken schweifen ab. Wie sie nach einiger Zeit zurückkehren, erzählt mir der Herr von Erko Sadomkin, dem eigentlichen Erfinder der Buchdruckerkunst, dem kühnen procegovinischen Seefahrer Samovan Potnak, dem eigentlichen Entdecker des Malaiischen Archipels. Auch seien Erasmus von Rotterdam und Boethius eigentlich Procegoviner gewesen. Und so bildet sich in mir allmählich der Eindruck, daß sich die gesamte Kultur Europas auf procegovinischen Errungenschaften aufbaut, die ihm allerdings unser undankbarer Kontinent niemals vergolten hat.

»Und wissen Sie, wer das Schießpulver erfunden hat?« Ich verneine.

»Sie denken wahrscheinlich, Berthold Schwarz hat es erfunden! Sagen Sie ruhig Berthold Schwarz!«

»Berthold Schwarz«, sage ich, seiner Aufforderung nachkommend.

»Falsch!« donnert der Herr. »Znom! Milutin Znom hat das Schießpulver erfunden. Znom war Procegoviner. In Vlastopol geboren. Und haben Sie schon einmal die großartigen Bilder unseres Nationalmalers Ayax Mazyrka gesehen?«

»Ja«, sage ich wahrheitsgetreu. »Meine Tante besitzt zwei echte Mazyrkas.«

»Einer der größten Maler aller Zeiten!« ruft der Herr, als besäße meine Tante keinen einzigen Mazyrka. »Und wissen Sie, wer . . .«

Ich habe, und hatte schon damals, kein rechtes Verständnis für diese Art Nationalstolz – wer sollte es mir auch anerzogen haben? –, weshalb mich denn bereits nach wenigen Stunden die Ausführungen des Procegoviners zu langweilen begannen. Deshalb rührte ich auch eingedenk der Ermah-

nungen Philipps keinen Finger, als an der nächsten Grenze
– der letzten – einige Uniformierte das Sitzpolster unter ihm
aufschlitzten, einen Posten Haschisch hervorzogen und
meinen Mitreisenden verhafteten. Ich wußte zwar, daß er
unschuldig war, aber ich wollte den Rest der Reise, wenn
möglich, allein zurücklegen. So wurde er – wie man sich
denken kann, unter wütendem Protest – abgeführt. Seine
letzten Worte galten mir und hatten die Hoffnung zum Inhalt, daß ich kinderlos sterben und vom Satan geholt werden möge.

In Píloty angekommen, wurde ich von dem Faktotum meines Onkels von der Bahn abgeholt – einem Mann, wie man
ihn gemeinhin »ein Original« nennt –, dessen Namen ich als
»Smyrrk« verstand. Später stellte ich fest, daß er auch wirklich so hieß; ob allerdings mit Tauf- oder Familiennamen,
habe ich nie erfahren, da er es selbst nicht wußte.
  Mein Onkel, so sagte Smyrrk, habe eine wichtige Besprechung im Kultusministerium und sei daher leider verhin-
dert, mich selbst abzuholen. Smyrrk lächelte breit, was ich
daran merkte, daß seine Pfeife, die irgendwo aus seinem
bärtigen Gesicht herausragte, ein wenig an die Seite
rutschte, warf sich meine Koffer über Kopf und Schultern
und zog mich davon.
  Der Bahnhof von Píloty verriet noch kein nationales Stil-
element. Auch er war in der Entstehungszeit der Bahnhöfe
erbaut worden, deren architektonische Merkmale niemals
regional sind, sondern nur die Periode angeben.
  Wie ich neben Smyrrk durch die Halle ging, bemerkte ich
auch hier die Reiseplakate:
  »Auf zum Deutschen Rhein!«
  »Kommt zur schönen blauen Donau!«

»Besucht Spitzbergen! Die Mitternachtssonne lacht!«
Aber ich beschloß, vorläufig hier zu bleiben.

Das Fürstentum Procegovina ist seit nunmehr über zwanzig
Jahren von der Landkarte Europas verschwunden, und außer einer Handvoll nationalgesinnter ehemaliger Procegoviner gibt es heute nicht mehr viele, die sich der Illusion einer Neuerstehung dieses Staates hingeben. Zwar besteht die
Exilregierung, welche sich während des letzten Weltkrieges
in London gebildet hat, bis auf den heutigen Tag und tritt
alljährlich einmal zusammen, aber niemand weiß so recht,
was sie regiert, und so drängt sich die Annahme auf, daß es
sich hier um ein totgeborenes Kind handelt. Dennoch liegt
es mir fern, die Unentwegten entmutigen zu wollen. Warum
sollte ich das tun? Der von uns, welcher weiß, wie die Landkarte nach dem nächsten Weltkrieg aussieht, werfe den ersten Stein auf die wackeren Procegoviner.

Da ich beim Leser nicht vorauszusetzen wage, daß er, angesichts der dauernd wechselnden geographischen und politischen Verhältnisse auf der Balkanhalbinsel, mit diesem
Teil Europas vertraut ist, möchte ich ihm einen kurzen Einblick in das Fürstentum der Procegovina gewähren. Obgleich es sich um das Land handelt, in welchem ich eine der
glücklichsten Perioden meines Lebens verbracht habe,
werde ich versuchen, Objektivität walten zu lassen. Nur
allzu leicht läßt man sich, gerade dort, wo es gilt, Tatsäch-
liches wiederzugeben, zu Schwelgereien der Sehnsucht
hinreißen: denn die Vergangenheit – und wer wüßte das
nicht? – wird um so schöner, je länger sie vorbei ist.

Die Procegovina war in einer der Fünf-Länder-Ecken des
Balkans gelegen, dort, wo Bulgarien, Jugoslawien, Blava-

zien, Griechenland und Albanien zusammenstoßen. Ihre Grenzen waren natürlich, wenn auch, wie es im allgemeinen bei natürlichen Grenzen der Fall ist, dieser Umstand das Objekt dauernder Streitigkeiten war. Die Blava teilt sich am Anfang ihres Laufes zur Donau hin in zwei kleinere Flüsse, die Kretinitza im Osten, die Pletinitza im Westen, welche, bevor sie sich im Norden wieder zu einem breiten Strom vereinen, eine mesopotamische Insel von achthundertundzweiundneunzig Quadratkilometer Flächeninhalt bilden. Dies war die Procegovina. Es war nun immer das Bestreben der procegovinischen Radikalnationalisten, nach ihrem Führer, Oberst Sczlûcz, Sczlûczisten genannt, einen – meiner Meinung nach willkürlich umrissenen – Landstreifen östlich der Kretinitza zu annektieren, dessen Bewohner, wie sie behaupteten, ihrer Abstammung und ihrer Schädelform nach Procegoviner seien. Der betroffene Nachbarstaat, Blavazien, schloß sich dieser Meinung nicht an, und es kam hin und wieder zum Austausch erhitzter Telegrammtexte, welche diesen Fluß zum Gegenstand hatten, einen reißenden Strom, wie die Blavazier ihn nannten, ein Rinnsal nach der Ansicht der procegovinischen Nationalisten.

Und tatsächlich fluktuierte im Südosten, dort, wo die Kretinitza ein breites, sandiges Flußbecken bildet, die Grenze stets um einige Kilometer, indem manchmal procegovinische, manchmal dagegen blavazische Truppen jeweils ein Stück Landes diesseits oder jenseits des umstrittenen Flusses eroberten. Nun, jeder rechte Staat braucht einen kleinen Unruheherd, um seine Bewohner an seine politische Wachheit zu erinnern, und der Wahlspruch: »Die Kretinitza, Procegovinas Strom, nicht Procegovinas Grenze!« war damals auch wirklich in aller Leute Munde.

Die Blavazier indessen hatten ebenfalls ihre Agitatoren

im Fürstentum, deren Aufgabe es war, den östlichen Einfluß nach Westen auszudehnen. Diese prägten nun ihrerseits den Wahlspruch: »Die Pletinitza, Procegovinas Strom, nicht Procegovinas Grenze!« Dieser Sachverhalt mag manchem Leser verwirrend erscheinen, aber, wie ich schon gesagt habe, waren eben auch politische Demonstrationen damals nicht mehr als eben ein Bestandteil des regen politischen Lebens.

Ich möchte nicht in den Ruf eines Rhapsoden meiner zweiten Heimat gelangen – deren gibt es schon viele, zum Beispiel Vasztozhínu (»Szygmunt Musztar«, Buch XXIV, 172-886) –, aber ich muß wahrheitsgetreu feststellen, daß ich niemals ein abwechslungsreicheres Bild auf einem Landstrich von weniger als tausend Quadratkilometern vereint gesehen habe als hier. Von den Zinnen des fürstlichen Schlosses bei Píloty, nach dem Erdbeben von 1841 im spätromanischen Stil des neunzehnten Jahrhunderts wiedererbaut, breitete sich beinahe das ganze Land vor einem aus.

Die Gabelung der Blava im Süden wird dem Blick durch ein wildromantisches Felsgebirge entzogen, an dessen steilen Südhängen sich orthodoxe Klöster mit Tropfsteinhöhlen abwechseln, in welchen hin und wieder von Mönch oder Hirt ein Stück gebogenes Eisen oder ein Granitblock gefunden wurde, der dann als historischer oder gar prähistorischer Fund an das procegovinische Nationalmuseum in Píloty wanderte. Vor allem aber bildete das reichliche Tropfsteinvorkommen die Quelle eines nicht unbedeutenden Exportgeschäftes, denn procegovinischer Tropfstein ist bekanntlich nicht nur ein geologischer Leckerbissen, sondern wird auch zum Schnitzen von allerlei Gegenständen – von Gemmen bis zu Blumenvasen – benutzt.

Westlich des Gebirges hat das Land voralpinen Charakter: grüne, hügelige Matten, von Bächen und Buschwerk gesäumt, dazwischen hier und da ein Streifen Naturschutzgebiet, führen hinunter zum Flußbecken und besagtem Unruheherd. Auch nach Norden fällt das Gebirge sanft ab, bis zu einer Tiefebene, in welcher Vlastopol (St. Blasienburg), die andere Stadt der Procegovina, liegt.

Vlastopol kam zwar an Bedeutung der Hauptstadt nicht gleich, dennoch war es eine beachtliche Stadt, mit einer Prokuratur, einer Finanzdelegation, einer Effektenbörse, einer Bezirkshauptmannschaft, dem Magistrat der autonomen Stadt, dem Sitz des autonomen Landesausschusses – ich hoffe, der Leser weiß, was das ist –, einem Bauerntheater, einer Konservenfabrik, einer Industrie für Aluminiumhalbprodukte und für Teppiche (Vlastopoler Teppiche!), mehreren Konsulaten, einer deutschen Apotheke, dem Sitz des procegovinischen Turnerverbandes »Volkopokóyu« und der procegovinischen Landesuniversität. Diese hatte allerdings niemals internationalen Rang, und ich konnte mich schon damals des Eindrucks nicht erwehren, daß man eben eines Studentenkörpers bedurfte, um mit seiner Hilfe spontane Demonstrationen zu organisieren, wenn die politische Lage es verlangte.

Außerdem herrschte in der Umgebung von Vlastopol ein berühmtes Klima, weshalb auch die meisten diplomatischen Vertreter des Auslandes hier ihre Sommersitze hatten, die sie auch meist im Winter bewohnten, denn ihre Gegenwart in der Hauptstadt war eigentlich selten erforderlich.

Weiter nördlich, nach Píloty hin, breitete sich ebene, weite Pußta aus, durchsetzt mit Bauerngehöften, Büffelherden und Ziehbrunnen und allem, was sonst noch zu einer Pußta gehört. Die Hauptstadt Píloty selbst lag inmitten hügeligen Weidelandes, auf welchem, in unmittelbarer Umgebung des Gebäudegürtels, friedlich Schaf und Rindvieh grasten. Ein Netz von Pfaden zog sich zwischen den Hügeln dahin, an deren Rand wilder Paprika grünte und die Wacholderbeere blaute.

Im Norden sah man dann wieder, wie sich Kretinitza und Pletinitza zur Blava vereinen. Dort bildete alter Baumbestand – Zitterpappel und Weißbuche – ein Walddelta, welches bereits ein Reisender des achtzehnten Jahrhunderts, Heinrich Gottlieb von Susa, als »lauschig« bezeichnet hat.

Das Fürstentum war einer der kleinsten Staaten der Welt, sowohl an Flächeninhalt als auch an Einwohnerzahl. Diese betrug bei der Volkszählung des Jahres 1921 nicht mehr als 491 811 Seelen, das heißt Menschenseelen. Von dieser Zahl betand die Hälfte aus Bauern und Hirten, die andere Hälfte aus Importeuren – eines anderen Ausdruckes möchte ich mich nicht bedienen –, Militär, freien Berufen, kulturell Schaffenden, ein paar hundert orthodoxen Mönchen und Nonnen und, nicht zuletzt, Beamten.

Obgleich ein Fürstentum, war seine Regierungsform demokratisch. Heute, da ja ein jeder Staat eine Demokratie ist, setzt dies niemanden mehr in Erstaunen, aber in den ersten Dekaden des Jahrhunderts war eine demokratische Monarchie durchaus ungewöhnlich und fortschrittlich.

Seit den procegovinischen Befreiungskriegen (1704 bis 1707), im Laufe derer es der Procegovina gelang, mit Hilfe von Großbritannien, das von je auf seiten der Unterdrückten gestanden und sich immer uneigennützigerweise in Händel dieser Art eingemischt hat, seine Unabhängigkeit zu erlangen und sich aus dem blavazischen Joch (kein alpiner Begriff!) zu befreien, hatte sich die Regierung zunächst zwischen den beiden Fürstenhäusern Krtosczin und Felescu (Philipp hat immer behauptet, das klänge wie eine Konfektionsfirma) abgewechselt, die sich bis zum Ende des achtzehnten Jahrhunderts blutig bekämpften.

Im Jahre 1778 fand der letzte interne Krieg statt, im Laufe dessen es Jaroslavl Krtosczin – dem späteren Jaroslavl dem Ersten oder dem Großen – nicht nur gelang, den Anwärter des Hauses Felescu aufs Haupt zu schlagen, sondern das ganze Haus Felescu auszurotten, und zwar mit Stumpf und Stiel; einer der vollständigsten Fälle tabularum rasarum der ganzen Balkangeschichte. Seither waren die Krtosczins die unanfechtbaren Herrscher der Procegovina. Der letzte von ihnen war Jaroslavl der Sechste. (Das »l« in Jaroslavl ist nicht die Diminutivform, wie oft angenommen wird, sondern ein Bestandteil des Namens.) Er lebte eine Zeitlang als Haupt seines Kabinetts in London, wo er sich schlicht, dem Geist der Zeit mit feinem Taktgefühl folgend, Mr. Krtosczin nannte, mit welcher Handlung er sich übrigens die Herzen breiterer Massen eroberte. Später bezog er seinen Jagdsitz bei Vorderstörzing in Tirol, wo er lebt und jagt, wenn er nicht gerade mit anderen abgedankten Herrscherpersönlichkeiten, deren Schicksale dem seinen gleichen, eine Partie Golf am Genfer See spielt. Er ist heute siebenundneunzig Jahre alt und überaus rüstig.

Der Fürst führte auch den Vorsitz über das Parlament. Dieses bestand aus achtundzwanzig Vertretern aller Schichten und verteilte sich auf nicht weniger als elf verschiedene Parteien, deren Ziele aber mehr oder minder die gleichen waren: Unabhängigkeit der Procegovina, Aufrechterhaltung der Monarchie und freundliche Beziehungen zu allen rechtdenkenden Staaten, wobei allerdings der Inhalt des Begriffes »rechtdenkend« nicht von allen Fraktionen als der gleiche ausgelegt wurde. Dennoch: Meinungsverschiedenheiten gab es hier kaum, zumal da die Vertreter der Bauernpartei, die vielleicht dem einen oder dem anderen Punkt ihr Einverständnis verweigert hätten, eigentlich selten verstanden, um was es ging. Obgleich nämlich Procegovinisch die offizielle Landessprache war, sprachen die gebildeten Schichten nur Französisch, dessen man sich auch im Parlament bediente, vor allem, wenn es um Dinge ging, welche die Vertreter der Bauernparteien hätten anfechten mögen. Diese verstanden kein Französisch.

Nächst dem Herrscherhaus und seiner demokratischen Vertretung durch das achtundzwanzig Mann starke Parlament, waren es die führenden vornehmen Familien, die in das Geschehen eingriffen, indem sie sich die Ministerien und den diplomatischen Dienst teilten. Die Mitglieder dieser Familien sind heute über die ganze Welt verstreut, soweit sie nicht, unter Benutzung weit höherer Adelstitel, Taxichauffeure in Paris sind.

Was es an Kultur im Fürstentum gab, weiß der Leser zum Teil schon aus meinem Gespräch mit dem Herrn in der Eisenbahn. Erko Sadomkin und Serban Vasztozhínu – der Procegovinische Shakespeare – sind ihm bereits Begriffe. Wie jedermann weiß, war auch die weltberühmte Koloratursängerin Dohnánitza Procegovinerin, was schon aus ihrem Beinamen »die Procegovinische Nachtigall« hervorgeht. Mit solchen Prägungen war das Kultusministerium flink zur Hand, denn es galt stets, das Prestige des Fürstentums im Ausland zu festigen, und das geschah, wie es noch

heute geschieht, mit Musik. Das procegovinische philhar-
monische Nationalorchester war ein gern gesehener Gast
bei mancherlei Festspielen, wo es unter seinem ständigen
Dirigenten Anatol Sztyglycz seine – oft durchaus eigenarti-
gen – Versionen der klassischen Musik zum besten gab, sowie eine Procegovinische Rhapsodie, komponiert für solche
Zwecke von Sergey Srob, dem Kultusminister. Außerhalb
der verschiedenen Saisons spielte es in verminderter Beset-
zung zur Teestunde im »Grand-Hotel de la Démocracie« in
Píloty.

In den Augen der internationalen Kulturwelt galt jedoch
der frühbarocke Maler Ayax Mazyrka als der größte Sohn
seines procegovinischen Vaterlandes. Aus dieser Tatsache
läßt sich erkennen, was das Fürstentum meinem Onkel Robert Guiscard verdankte.

Zu der Zeit, als ich in die Procegovina kam, hatte Onkel Robert schon aufgehört, seine Mazyrkas zu malen, deren Zahl
– fünfzehn, davon sieben kleinere Gemälde – kaum als das
Gesamtwerk eines nicht eben allzufrüh verstorbenen Meisters gelten darf; jedoch hatte das geheime Mazyrka-Ko-
mitee, bestehend aus meinem Onkel, dem Kultusminister,
dem Finanzminister und Professor Bruhlmuth, beschlossen,
diesen Bestand niedrig zu halten: erstens wollte man es so
darstellen, daß Krieg und Aufruhr das Ihre getan hatten,
auch Denkmäler procegovinischer Kultur zu vernichten –
gewissermaßen ein idealler Beitrag zur Sache des Friedens –,
und zweitens muß schließlich jede Quelle historischer und
kulturhistorischer Funde eines Tages versiegen, und um so
mehr noch diese – die Gruft des orthodoxen Klosters Ludomhir –, welche die Produktion eines alten Meisters ans

Licht brachte, dessen Existenz vor wenig mehr als einer Dekade noch nicht bekannt gewesen war.

Indessen lebte Onkel Robert immer noch in Glanz und unvermindertem Wohlstand. Während seine Tätigkeit als Schöpfer und Interpret Mazyrkas eigentlich nur vom ethischen Standpunkt aus als unhaltbar zu bezeichnen ist – denn vom Staate war sie gewissermaßen anerkannt und gefördert worden; und dem Ruhm eines Malers, der niemals existiert hat, kann man keinen Schaden zufügen –, war sein Treiben nunmehr insofern wieder verwegener geworden, als er, wenn auch nicht oft und ohne bestimmtes Pensum, erneut begonnen hatte, alte Meister zu fälschen, welche er entweder der procegovinischen Nationalgalerie zur Verfügung stellte, seiner Schwester Lydia zur Ausschmükkung ihres Heimes überließ, selbst behielt oder gegen andere Gemälde tauschte, die er in seinem Haus aufhängte. Hierbei zeigte er einen erlesenen Geschmack, und seine Sammlung alter und moderner Bilder wies kein zweitklassiges Stück auf, geschweige denn eines, dessen Echtheit zweifelhaft war.

So kam es, daß sich mir innerhalb weniger Wochen nach meiner Ankunft nicht nur der wahre Robert Guiscard, sowie Wesen und Qualität seins Werkes, enthüllte, sondern ich auch – hier im Hause des Fälschers – eine gute Übersicht der Malerei aus erster Hand gewann: ein Eindruck, welcher in mir den Entschluß, mein Leben der Kunst zu widmen, endgültig Gestalt annehmen ließ.

Ich kann nicht sagen, daß mich zunächst Roberts Tun als etwas Unmoralisches abschreckte; denn zu dieser Zeit fehlte mir noch die rechte Erfahrung dessen, was unmoralisch ist. (Heute darf ich mich rühmen, diese Erfahrung in seltenem Maße gemacht zu haben.) Im Gegenteil: ich war naiv genug, meinen Onkel eines Abends zu fragen, weshalb denn der Umstand, daß die Bilder anstatt seines Namens den eines von ihm erfundenen Künstlers trügen, der einige Jahrhunderte zuvor gelebt haben sollte, den Wert so beträchtlich erhöhe.

Onkel Robert saß in seinem tiefen Lehnsessel und hielt das Napoleonglas mit dem Schuß Cognac in der Hand.

»Der Nimbus des Alten«, sagte er, »trägt heute mehr zu dem Wert eines Kunstwerkes bei als die künstlerische Qualität. Ein lebender Maler ist nichts; wenn er stirbt, horcht man schon auf, aber einem alten Meister stehen alle Türen offen. Und ich bin ein alter Meister.«

Darauf ließ sich nichts sagen.

»Es ist natürlich nicht immer so gewesen«, fuhr Onkel Robert fort. »Zur Zeit der Renaissance und des Barock wäre kein Fürst und kein anderer Mäzen auf die Idee gekommen, etwa auch nur ein Bild der vorigen Generation zu kaufen, anstatt einen zeitgenössischen Maler mit seiner Anfertigung zu beauftragen. Aber die Zeiten haben sich geändert, und es hat keinen Sinn, die Änderung zu ignorieren; man tut gut daran, sich danach zu richten.«

Die Tendenz dieser Worte wurde mir sofort klar, und ich nutzte die Gelegenheit, um Onkel Robert von meinen unbeirrbaren Plänen zu unterrichten: »Trotzdem«, sagte ich, »will ich Maler werden.«

»Ich habe es mir gedacht«, sagte Onkel Robert und lächelte in sein Glas, »obgleich ich nicht leugnen kann, daß ich für dich Größeres geplant hatte. Vielleicht entsinnst du dich der Bilder, die ich dir damals abkaufte, als du beinahe noch ein Kind warst. Ich habe sie als echte Millingtons verkauft.«

»Wer war Millington? Hat er wirklich existiert?«

»Ja. Es war eine amerikanische Frühbegabung des späten neunzehnten Jahrhunderts. Er ist mit einundzwanzig Jahren gestorben und ist heute einer der gesuchtesten Primitiven.«

Ich war nun doch etwas niedergeschlagen. »Ja, man müßte tot sein«, sagte ich.

»Du mußt nicht verzweifeln«, sagte Liane, die am Stickrahmen saß – sie war im Laufe der Jahre sehr häuslich geworden –; »du bist ja noch jung.« – Es waren dieserart gutgemeinte Zwischenbemerkungen, unsachlich und stets völlig fehl am Platze, die mich immer wieder bezweifeln ließen, daß sie Fähigkeiten zur Spionage gehabt haben sollte. Und, wie immer nach diesen Einwürfen, herrschte auch jetzt sekundenlanges Schweigen, während dessen ihre kindischen Worte im Zimmer verklangen.

Dann sagte Robert: »Auf jeden Fall steht dir das Geld für die unfreiwilligen Millingtons zur Verfügung. Du wirst es brauchen können. Dein Schicksal ist Brot mit Hering.«

»Ich esse Brot mit Hering gern«, sagte ich trotzig, um Onkel Robert die so oft schon gehörten Ausführungen über sein Lieblingsthema abzuschneiden.

»Warte noch eine Weile«, sagte er und trank seinen Cognac aus. »Vielleicht wirst du den Appetit daran verlieren.«

Bei den Leuten, die ich während des Jahres in Onkel Roberts Haus kennenlernte, will ich mich nicht lang aufhalten, da sie, außer Bühl, auf den ich sogleich zu sprechen komme, mit dem Objekt, welches ich mit meinen Aufzeichnungen verfolgte, nichts zu tun haben. Dabei muß ich allerdings feststellen, daß so mancher von ihnen einer ausführlichen Biographie wert gewesen wäre; so zum Beispiel Smyrrk, das sechsundsechzigjährige Original, welcher im Laufe seines abenteuerlichen Lebens Soldat in türkischen und österreichischen Diensten, Gondoliere in Venedig, Hafenarbeiter in Saloniki und einer der letzten Piraten gewesen war, bevor Onkel Robert, dem er aufrichtig zugetan war, ihn in seine Dienste genommen hatte; der ein goldenes Herz mit einem furchterregenden Äußeren verband, Katzen und Kinder liebte und tief religiös war. Oder die Haushälterin Ptolomäa, in der ich das – inzwischen gealterte – Vorbild zu Mazyrkas »Zamira« (im Besitz meiner Tante) erkannte, und die immer noch – mit schrecklichem Erfolg – versuchte, das Aussehen zu konservieren, welches ihr die Ehre eingebracht hatte, für dieses Portrait Modell zu sitzen.

Vielleicht wäre auch der Kultusminister Srob oder gar der Premierminister der Beschreibung wert gewesen, welche beide Herren bei meinem Onkel ein und aus gingen, und zwar nebst ihren Gemahlinnen, die ich übrigens niemals habe auseinanderhalten können, und die ich noch heute, in der Erinnerung, in welcher man ja die Dinge zu vereinfachen geneigt ist, schlankweg für identisch erklären möchte.

Hans Hamilkar Bühl dagegen ist als Persönlichkeit der Beschreibung kaum wert. Seinesgleichen wandeln viele unter uns. Dennoch möchte ich dem Leser einige Angaben über ihn nicht ersparen, denn er beleuchtet das Geschehen in seiner Eigenschaft als Nebenrolle, als Symptom, sozusagen. Und Herr Doktor Bühl möge mir, falls er diese Aufzeichnungen jemals in die Hand bekommt, verzeihen, daß ich vielleicht ein wenig schonungslos mit ihm verfahre. Aber ich habe es mir nun einmal hier zur Aufgabe gemacht, der Wahrheit, wenn auch nicht die Ehre zu geben, so doch den gerechten Platz zukommen zu lassen.

Sudermanns Saftwürstchen genossen früher einmal in mitteleuropäischen Feinschmeckerkreisen erhebliche Reputation, und ich mache mich kaum der Übertreibung schuldig, wenn ich behaupte, daß ohne diese winzigen Leckerbissen keine Cocktailparty kulinarisch auf der Höhe gewesen wäre. Dies verdankten sie nicht nur ihrer vorzüglichen Qualität und Substanz – sie schmolzen einem auf der Zunge, bevor man überhaupt wahrgenommen hatte, daß etwas darauf lag –, sondern auch den trefflichen Werbetexten in Zeitungen und Zeitschriften, denen es gelang, dieses kleine Nahrungsmittel auch auf anspruchsvoll-geistreiche Art äußerst schmackhaft zu machen. Der Verfasser war kein anderer als der Dichter Hans Hamilkar Bühl, welcher sich jedoch hinter seinen Texten als anonymer Autor verbarg: es ist nicht üblich, daß Literatur dieser Gattung den Namen ihres Autors enthüllt, und selbst wenn es üblich gewesen wäre, hätte Hans Hamilkar Bühl lieber das Augenlicht verloren, als seinen Namen mit Saftwürstchen assoziiert gewußt.

Denn Bühl war Lyriker, und Sudermanns Saftwürstchen waren für ihn lediglich ein peinlicher Broterwerb, welchen er unmittelbar nach seiner Promotion – seine Doktorarbeit über eine bestimmte Begleiterscheinung bei Rilke hatte in Fachkreisen mildes Aufsehen erregt – aufzunehmen gezwungen war, da er seine Lyrik nicht ihrem Wert entsprechend verkaufen konnte.

Eines Tages jedoch verschwanden Sudermanns Saftwürstchen vom Markt, sei es, daß diese minuziöse Delikatesse der Vergröberung unserer Lebensweise zum Opfer gefallen war, sei es, daß die Gebrüder Carl und Hermann Sudermann sich etwas hatten zuschulden kommen lassen und zur Liquidation gezwungen wurden; ich weiß es nicht. Jedenfalls wurde Bühl ein stellungsloser Akademiker, über welchen Umstand auch seine erhabene Sendung nicht hinwegzutäuschen vermochte. Und so beschloß er auszuwandern, und da er gehört hatte, daß das Fürstentum Procegovina stets danach trachtete, sein Kulturleben dem mitteleuropäischen Niveau anzupassen, wanderte er in die Procegovina, um zu versuchen, auf seine Art zu diesem Programm beizutragen; hier wurde er Kritiker oder vielmehr Rezensent, zu welchem Berufe er sich aufgrund des Talentes, sein einseitiges Verständnis der Künste in nebelhaft-schöne Worte zu kleiden, befähigt fühlte.

So war er denn auch eines Tages im Hause meines Onkels erschienen, damals dem kulturellen Mittelpunkt der Hauptstadt, welches er von nun ab mit zunehmender Selbstverständlichkeit heimsuchte, indem er meinem Onkel Zigarren, Liane Nelken und später mir Theater- oder Konzertkarten mitbrachte. Er lud sich zum Lunch ein, brachte zum Jour fixe irgendeinen seiner jugendlichen Freunde mit, der oft hier erst den Umgang mit Messer und Gabel erlernte, und es gelang ihm gar eines Tages, Liane zu überreden, einen Vortragsabend für ihn zu veranstalten, bei welchem er ausgewählte Gedichte vortrug, welche, soweit ich mich erinnere, diverse subjektive Empfindungen angesichts des wechselnden Kleides der Natur zum Thema hatten.

Onkel Robert behandelte Bühl stets mit herablassend-freundlichem Widerwillen; jedoch war es ihm – wie so oft Menschen von Format – nicht gegeben, seine Abneigung in die Tat umsetzen zu können und lästige Verehrer einfach abzuschütteln, wie man eine Stubenfliege von der Hose bürstet. Leuten wie Bühl fällt es niemals ein, daß ihre dauernde Anwesenheit, ihr manchmal ermüdendes, oft gar peinliches Gespräch nicht gerade jederzeit erwünscht ist und daß sie ihren Platz im Schatten der Großen oft nur behaupten, weil diese – die Großen – zu indolent sind, sich ihrer Gegenwart zu entziehen.

Als ich Hans Hamilkar Bühl kennenlernte, war er in den frühen Dreißigern, ein kleiner Mann, beinahe zierlich zu nennen, wenn er nicht zur Beleibtheit geneigt hätte, ja, dieser Neigung bereits schon sehr wacker nachging. Er hatte kleine Hände, kleine Füße, und seine Stirn war durch Haarausfall ein wenig erhöht, was durch längere Haare im Nakken wettgemacht wurde. Er war stets von zwei oder drei halbwüchsigen Jünglingen umgeben. Woher er diese bezog, weiß ich nicht. Man sagte, er ließe sie Gedichte schreiben, welche, wenn sie gelängen, er gern als seine eigenen ausgebe; aber obgleich dies durchaus möglich ist, glaube ich nicht, daß sich die Funktion dieser jungen Leute auf das Gebiet der Lyrik beschränkte.

Bühl besaß jene Veranlagung der Natur, durch welche seinesgleichen nur an Würde verliert, während sie den Großen oft eine nie versiegende Quelle schöpferischer Eingebung ist; ja, die oft denen einen besonderen Wert verliehen hat, deren Leben von ihr beherrscht war.

Ohne mein Wissen muß wohl auch ich für diese Gefolgschaft kandidiert haben, deren Zahl und Bestand dauernd wechselte, obgleich sich die Mitglieder alle sehr ähnlich waren. Jedoch blieb ich – wohl dank der Tatsache, daß ich ein Verwandter Onkel Roberts war, von welchem sich Bühl noch viel versprach – davon befreit; und so war ich mir damals keiner derartigen Gefahr bewußt. Wenn ich heute daran zurückdenke, so ergreifen mich Gefühle ähnlich denen, welche der berühmte Reiter gehabt haben muß, als er auf den vereisten Bodensee hinter sich blickte.

Das Programm des Konzerts, welches Bühls procegovinischer Karriere ein jähes Ende bereitete, bestand aus:
Carl Maria von Weber: »Euryanthe«, Ouvertüre.
Ludwig van Beethoven: »Ah Perfido!« Konzert-Arie, gesungen von Adelaide Dohnánitza, der »Procegovinischen Nachtigall«.
Ludwig van Beethoven: v. Symphonie in c-Moll.
Sergey Srob: »Procegovinische Rhapsodie«.

Es war dies, wie aus dieser Zusammensetzung ersichtlich ist, ein Abonnementskonzert, das letzte der Saison, und, wie gewöhnlich, gab mir Bühl seine Karte. Denn es gehörte schon seit langem nicht mehr zu seinen Gepflogenheiten, die Konzerte zu besuchen, welche zu besprechen seine Aufgabe war. Der Inhalt der gängigen Konzertprogramme war ihm geläufig, ebenso die Eigenarten der Solisten, in diesem Falle der Procegovinischen Nachtigall (deren hohes B damals bereits schon wesentlich an Sicherheit verlor), und die Manier des Dirigenten, in diesem Falle Anatol Sztyglycz (auf welchen übrigens, wie man damals in eingeweihten Kreisen sagte, demnächst der Begriff »der Procegovinische Nikisch« geprägt werden sollte, obgleich es aus irgendeinem Grunde niemals dazu kam, und Sztyglycz daher auch einige Jahre später verbittert starb).

Bühl verfaßte also seine Besprechungen gewöhnlich vor der Veranstaltung, etwa morgens im Bett, oder im Café de la Liberté, oder er ließ sie vielleicht auch von irgendeinem Mitglied seiner Gefolgschaft schreiben, falls ein solches Neigungen zum Gewerbe des Rezensenten zeigte; viele seiner Artikel lagen aber auch schon bei der Zeitung im Satz bereit und wurden von einem sachkundigen Drucker zusammengestellt, welchem Bühl dann gewöhnlich ein Trinkgeld gab, wenn er – wie er es ab und zu tat – die Redaktion besuchte, um eine Überholung des ganzen Kritikenbestandes auf einmal vorzunehmen und seine vielleicht inzwischen etwas abgegriffeneren Wendungen einer Neu-Empfindung zu unterziehen.

Zwar geschah es öfters, daß, etwa infolge einer Erkrankung, ein Theaterstück umbesetzt oder eine Nummer des Konzertprogramms ausgewechselt wurde, so daß die am nächsten Morgen erscheinende Besprechung den pedantischeren Leser etwas befremden mochte; jedoch aus der Tatsache, daß weder aus dem Leserkreis noch von seiten der Redaktion jemals irgendwelche Klagen laut wurden, durfte er schließen, daß ihm solche kleinen Ungenauigkeiten nicht übelgenommen wurden, ja, daß die Zahl der Interessenten an seinen Artikeln wohl überhaupt beschränkt war.

Indessen wollte es das Schicksal, daß an dem Nachmittag vor dem oben erwähnten Konzert der Kultusminister Sergey Srob verstarb – übrigens hochbetagt, obwohl ich heute nicht mehr sagen kann, wie hoch – und daher selbstverständlich anstatt der Fünften Beethovens die Dritte – »Eroica« – des nämlichen Komponisten gespielt wurde, deren Trauermarsch bekanntlich in solchen Situationen beliebt ist. Bühl erwachte am nächsten Morgen von dem Flattern der auf halbmast gehißten Fahnen, griff verschlafen zur »Procegovinscu Gazettác«, las zuerst vom Ableben des Kultusministers, zu dessen Ehren man die »Eroica« aufgeführt hatte, und dann seine – in diesem Zusammenhang schändliche – Aussage, daß Maestro Sztyglycz das Scherzo der Fünften zu langsam nehme, telefonierte die Redaktion an und beklagte sich bitter, daß man nicht wenigstens den Satzblock ausgewechselt habe – man wisse doch schließlich, wo die »Eroica«-Besprechung liege –, aber es war zu spät. Was ihm die Leser der Musikkritiken – falls es deren welche gibt – niemals verübelt hatten, verübelten ihm die Anhänger politischer Pietät, deren es unzählige gibt. Srob war immerhin ein grand old man der procegovinischen Kultur gewesen.

Und als, wie zu erwarten gewesen war, mein Onkel Robert zum Kultusminister ernannt wurde, hatte er nichts Eiligeres zu tun, als Hans Hamilkar Bühl seiner Stellung zu entheben: um seinen Vorgänger zu rächen, wie er sagte: um sich einer lästigen Person zu entledigen, wie ich wußte.

So sah sich Bühl, der sich von eben dieser Ernennung viel versprochen hatte, gezwungen, die Procegovina zu verlassen, um sich an anderer Stelle eine neue Existenz aufzubauen, was ihm auch – wie sich später ergeben wird – gelang.

Das Milieu im Hause meines Onkels war natürlich von Anfang an meinen Plänen nicht recht förderlich gewesen, und ich hatte es nur ausgehalten, um die Gemälde studieren zu können und hier und da einen maltechnischen Hinweis von meinem Onkel zu erhaschen, welchen er mir auch, wenn es ihm seine Zeit erlaubte, willig und geduldig gab. Ein paar Wochen lang hatte er mir sogar systematisch Unterricht erteilt, der mir ein weites Stück vorwärtsgeholfen hatte. Nun aber, da er Kultusminister geworden war, durfte ich natürlich derartige Ansprüche nicht mehr an ihn stellen, und ich beschloß, sein Haus zu verlassen, um mir im Süden des Landes einen Platz auszusuchen, an welchem ich mich ungestört, vor jeglicher Ablenkung geschützt, meiner Arbeit widmen könne.

Es war Spätsommer, und so heiß, daß sich die ältesten Bewohner wieder einmal nicht erinnern konnten, während ihrer Lebenszeit einen so heißen Sommer erlebt zu haben: jede Jahreszeit besitzt eine meteorologische Eigenschaft, die gerade in der Erinnerung der ältesten Leute einmalig ist, was dadurch zu verstehen ist, daß natürlicherweise das Gedächtnisvermögen nachläßt.

Je südlicher ich gelangte, desto mehr geriet ich in den Sog der Fremdenführung, aus welchem ich mich zunächst zu befreien suchte, aber als der Tourenautobus – dieses Verkehrsmittel unserer Zeit –, welchen ich versehentlich bestiegen hatte, an Mazyrkas Geburtshaus hielt, war mein Interesse geweckt, und ich ließ mich von der Strömung vollends erfassen, bis ich genug von dem gesehen hatte, was es offiziell zu sehen gab. Denn da ich auch mit der Geschichte der Herrichtung dieser Sehenswürdigkeiten vertraut war, galt es für mich, den Grad ihres Erfolges zu prüfen.

Mazyrkas Geburtshaus war ein älteres Bauernhaus, welches man jedoch keineswegs willkürlich, sondern mit feinem Verstand gewählt hatte: seine Lage war romantisch, und sein Äußeres hatte der Zahn der Zeit zu etwas Pittoreskem zernagt. Man hatte der darin seit etwa hundert Jahren seßhaften Familie – zur Zeit der Auswahl bestand sie aus neun Köpfen: Bauer, Bäuerin, fünf Kindern und zwei Kühen, die man in diesen Regionen wie Familienangehörige behandelt (oft sogar besser) – eine beträchtliche Abstandssumme gezahlt und ihr im Norden des Landes einen neuen Hof zur Verfügung gestellt; und da diese Sippe kein ausgeprägtes Gefühl für die Zugehörigkeit zu ihrer ererbten Scholle hatte, war sie mit dem Tausch zufrieden gewesen. Selbstverständlich hatte man ihnen den wahren Zweck dieser Aktion verheimlicht oder irgendeine hygienetechnische

Begründung angeführt, die sie wohl nicht verstanden hatten, aber es liegt nicht in der Art einfacher Procegoviner, viel zu fragen.

Hier zeigt man das Geburtszimmer des Meisters, sowie einige Einritzungen in die Steinmauern, welche diverse Haustiere darstellten. Leider waren sie nicht sehr gut erhalten, denn inzwischen war in diesem Haus auch der Schwamm. (Ob man diesen künstlich gezüchtet hat, weiß ich nicht.)

Von hier wurde der Strom der Fremden zunächst in die Tropfsteinhöhlen und dann einen kurzen Serpentinenpfad hinan – den man auf Wunsch und für fünfzig Zrinyi auch auf einem Maulesel reiten konnte – zum orthodoxen Kloster Ludomhir geleitet, wo unter anderen Sehenswürdigkeiten Mazyrkas Arbeits- und Sterbezimmer das wahre Ziel der Besichtigung bildete. Hier bestaunte man die karge Pritsche, auf welcher er sich, mit zunehmendem Alter, immer weniger Ruhe gegönnt hatte, aus Angst, er könne seine Mission nicht mehr erfüllen, ja, auf der er die letzten Wochen seines Lebens überhaupt nicht mehr gelegen haben sollte, weil er an seinem letzten Bild, »Satyr und die Epheben«, arbeitete, welches zu beenden ihm eine innere Stimme befahl.

Hier hatte der Tod bis zum letzten Pinselstrich gewartet, um ihn dem Meister sodann aus der Hand zu nehmen, eben jenen Pinsel, der mitsamt anderen Malutensilien in einer Glasvitrine gezeigt wurde. Hier war ihm zuletzt noch der Nationalheld Szygmunt Musztar erschienen, sowie der Verführer, der ihn in das Serail des Türkensultans zurückführen wollte, und hier hatte er das Terpentinfläschchen gegen ihn geschleudert. Ein verblichener Fleck an der Wand zeugte von diesem sanguinischen Ausbruch.

Sodann zeigte man noch die unterirdischen Kellergewölbe, aus der Zeit der Verfolgungen – ich habe vergessen, welcher –, da man die Gemälde gefunden hatte; die byzantinischen Rundbögen aus dem elften Jahrhundert, welche Casimyrscz Slovacz eigenhändig aus der Walachei angeschleppt hatte – neunmal hatte er den Weg gemacht –, ein paar koptische Bibeln (im Jahre 1882 bei Nebelschatz und Cie. in Tübingen gedruckt), etwas Gablonzer Glas und einige Vlastopoler Teppiche, die übrigens verkäuflich waren und viertausendfünfhundert Zrinyi pro Stück kosteten. Dann ging man durch das Treppenhaus, das der Pater Fiducius im dreizehnten Jahrhundert mit seiner Hände Arbeit und im Schweiße des Angesichts einiger Laienbrüder errichtet hatte, stieg die Treppe (frühes zwölftes) hinab und fiel unten in die Hände der Andenkenverkäufer, die einem das Modell des Klosters, des Treppenhauses und die Büste Mazyrkas als Nachttischlampe in Tropfstein geschnitzt verkauften sowie Ansichtskarten, welche den greisen Meister bei einer Vision darstellten: Szygmunt Musztar erscheint ihm zu Pferde und sieht aus wie das Standbild des Bartolomeo Colleoni.

Dann tritt man ins grelle Tageslicht, wo Fotografen die inzwischen abgebrühten Besucher für achtzig Zrinyi in der Tracht orthodoxer Mönche oder Nonnen knipsen. Was dann kommt, weiß ich nicht, denn an dieser Stelle ergriff ich die Flucht.

Nachdem ich das Gebiet einige Tage zu Fuß durchwandert hatte, fand ich im äußersten Südosten den Platz, den ich mir erträumt hatte: ein einsames Bauernhaus im Schatten alter Buchen an einem sattgrünen Hang. Es lag nur wenige hundert Meter von der blavazischen Grenze entfernt, dort, wo flaches Geröll das Bett der Kretinitza bildet und der Fluß selbst im Sommer mitunter völlig austrocknet. Jenseits des Flusses erhebt sich das Gelände steiler und steigt bis zum blavazischen Schroffsteingebirge an, dessen Zacken in der Abenddämmerung einen unheimlichen Horizont bilden.

Mein Wirt war ein angenehmer, etwa vierzigjähriger Bauer namens Milan, dem vor mehr als zehn Jahren seine Frau durchgegangen war, und der seitdem in den wärmeren Jahreszeiten an Fremde, welche die Nähe der Grenze nicht von dem Genuß der Natur abhielt, ein Zimmer vermietete. Übrigens: kaum war ich einige Tage bei ihm, kam seine Frau zurück, aber das ist eine andere Geschichte, deren genaue Einzelheiten mir nicht mehr recht bekannt sind. Jedenfalls durfte ich mein Zimmer behalten, denn nun wurde zunächst das Wiedersehen ausgiebig gefeiert, wozu ihnen das einzige andere Zimmer genügte. Zudem hatte ich es nun besonders gut, denn Milan begann mich als einen mit übernatürlichen Gaben versehenen Künder zu verehren, der ihm seine Frau zurückgebracht hatte, ein wandelndes gutes Omen.

Auf das Jahr, welches ich hier verbracht habe, konzentriert sich der wesentlichste Teil meiner ausgeprägten Sehnsucht nach vergangener Zeit. Weder in meiner Kindheit bei Tante Lydia, als ich zu bewußtem Erleben der Natur zu jung war, noch bei meinem heutigen rustikalen Dasein, das mir oft wie das abgeklärte Leben eines freiwillig Verbannten erscheint, habe ich die ständige Metamorphose der Natur mit solch ungestörtem Genuß, ja, mit einer solchen Spannung verfolgt. Ein Bericht hiervon wäre nichts als eine Persiflage auf solche, die für diesen Zweig der Literatur berufener sind, als ich es bin und sein möchte. Denn dieses Erlebnis hat bei mir das Gegenteil dessen hervorgerufen, was von einem Künstler gemeinhin erwartet wird: ich hätte es als anmaßend empfunden – und das tue ich heute noch –, die Vollkommenheit der Schöpfung nachschöpfen zu wollen; und was ich zu malen begann, war gegenstandslos und schien von der Natur weit entfernt zu sein. Ich sage »es schien«, denn nur wenigen von uns ist es gegeben, die wirklichen Zusammenhänge unseres inneren Geschehens ermessen zu können, und auch um diese Kunst habe ich mich niemals bemüht.

Vormittags saß ich also in meinem Zimmer und malte mit großer Überzeugung, die nach dem Mittagessen nachließ; am frühen Nachmittag pflegte ich mich dann in einen Zustand der Verzweiflung über mein mangelndes künstlerisches Ausdrucksvermögen hineinzusteigern, welcher etwa gegen vier Uhr seinen Höhepunkt erreichte. Dann stürzte ich, ähnlich einem tragischen Helden der Romantik, ins Freie und lief eine Stunde lang über Wiesen und Stoppelfelder, bis meine Ruhe langsam zurückkehrte. Dabei sprach ich mir den – übrigens gefährlichen – Trost zu, daß ich, wenn auch ein Wurm, verglichen mit den Großen, zumindest ein Mensch sei, der sich über die Grenzen seines Könnens keinen Illusionen hingibt.

Zur Zeit der Dämmerung saß ich dann an der Kretinitza und sah über das weiße Geröll des trockenen Flußbettes auf die Eukalyptushaine und hinauf zum blavazischen Schroffsteingebirge, das bei einbrechender Dämmerung die Umrisse phantastischer, vielschichtiger Kulissen annahm.

Dann ging ich zurück. Und wenn, im fallenden Jahr, auf den zum letztenmal gemähten Wiesen das Zirpen und Quaken und alle die Geräusche des Sommers einsetzten, welche die Stille noch zu vertiefen schienen, wenn ein jäher Stoß schwülen Windes, der Gewitterbote, im Hof das vorzeitig gefallene Laub aufwirbelte und ich kurz darauf durch mein Fenster die ersten träge fallenden Tropfen hörte und in die transparente Dunkelheit sah, dann fühlte – daß ich es nur gestehe – auch ich mich einer Erkenntnis so nahe, als läge sie mir auf der Zunge, gleich einer fremdsprachigen Vokabel, die man soeben noch gewußt hat. Und mit der festen Überzeugung, daß mein Meisterwerk nun nicht mehr fern sei, schlief ich ein.

Als ich eines Tages an einem Gemälde saß, ertönte draußen, in unmittelbarer Nähe des Hauses, ein Schuß. Zuerst dachte ich, Milan sei auf Hasenjagd, aber als ich kurz darauf zwei weitere Schüsse hörte und daraufhin durch das Fenster zwei blavazische Soldaten über den Hof laufen sah, merkte ich vielmehr, daß ich Zeuge eines sogenannten Grenzzwischenfalles war und – als ich Schritte auf der Treppe hörte – in Gefahr war, sogar das Opfer eines solchen Zwischenfalles zu werden.

Wenige Augenblicke später betraten die Blavazier mein Zimmer – einer war ein gemeiner Soldat, der andere ein Feldwebel oder ein Hauptmann, jedenfalls etwas Gehobeneres – und teilten mir unter martialischen Gebärden mit, daß ich mich auf blavazischem Boden befinde, welchen ich sofort zu räumen habe. Angesichts dieser wirklich drohenden Mienen sah ich von einer Erklärung ab, zumal da ich nicht wußte, welcher Art eine solche Erklärung hätte sein können; und ich stand auf. Da fiel der Blick des einen – es war der Leutnant oder der Feldwebel – auf mein Bild, und das war mein Verderben.

Es wäre falsch, wolle man behaupten, daß für Angehörige ungebildeterer Schichten die moderne Kunst nicht zugänglich sei. Im Gegenteil: es sind oft diese Leute, die sich am Spiel der Formen und an farbigen Harmonien erfreuen können, selbst wenn sie darin nichts Bekanntes dargestellt finden. Und dies schließt auch im Prinzip blavazische Soldaten nicht aus. Jedoch diese beiden hatten wohl nicht vermutet, bei der Ausübung ihres kriegerischen Gewerbes auf Kunst zu stoßen, und so kam sie ihnen hier ganz unerwartet. Deshalb war es – dies in Verteidigung der wackeren Krieger – nicht verwunderlich, daß sie mein Gemälde für einen etwa mit geheimem Schlüssel entzifferbaren Plan des procegovinischen Grenzgebietes und – da für sie aber nun das Gebiet blavazisch war – meine künstlerische Aktivität für Spionage halten mochten.

Sie beschlagnahmten mein unvollendetes Gemälde – vielleicht wäre gerade dieses mein Meisterwerk geworden – und führten mich ab. Ich wollte ihnen noch erklären, daß ich die Pinsel auswaschen müsse, da sonst die Ölfarbe an ihnen trockne und sie unbrauchbar mache, aber da mir derlei technische Erklärungen in Blavazisch nicht geläufig waren und die Soldaten nicht Miene machten, als seien sie geneigt, viel Procegovinisch zu verstehen, sah ich auch davon ab.

Man führte mich zur Kretinitza hinunter, welche nach dem Regen der letzten Tage wieder breit dahinfloß. Dort zogen sich die beiden die Schuhe aus, krempelten sich die Hosenbeine hoch – Strümpfe schienen nicht zur Ausrüstung eines blavazischen Soldaten zu gehören –, forderten mich auf, das gleiche zu tun, was ich tat, und nun wateten wir durch den seichten Fluß zum anderen Ufer, wo wir das Gebiet erreicht hatten, welches auch ich als Blavazien zu betrachten gewohnt war, trotz gegenteiliger Propaganda der Sczlûczisten.

Ich wurde in ein kleines Holzhäuschen unweit des Ufers gesperrt, eben groß genug, mich gegebenenfalls auch der Länge nach aufzunehmen, und solide genug, um einem Zerstörungsversuch zu widerstehen. Und das war das Ende des blavazischen Aktes dieser Komödie, denn nachdem ich hier vier Stunden mit Gedanken über verschiedene Aspekte meiner unsicheren Zukunft verbracht hatte, ertönten draußen Schüsse: die Tür wurde erbrochen; zwei procegovinische Soldaten erschienen und teilten mir drohend mit, daß ich mich auf procegovinischem Boden befinde, welchen ich auf der Stelle zu verlassen habe.

Diesen beiden nun versuchte ich klarzumachen, daß procegovinischer Boden auch mein Boden sei, ich mich also hier zu Recht befinde, indessen ohnehin die Absicht hege, mich jenseits der Kretinitza in sicheres Gebiet zu begeben; aber es war umsonst: ich scheine vom Schicksal zum Feind aller Soldaten auserkoren zu sein und würde mich übrigens unter normalen Umständen gegen ein solches Schicksal keineswegs wehren. Nur in dieser Situation hätte ich mir etwas mehr von jener Autorität gewünscht, die auch Soldaten anerkennen.

Ebendieses Schicksal hat es auch gewollt, daß sich jenes Gemälde, welches auf der anderen Seite zu meiner Gefangennahme geführt hatte, nicht mehr in meinem Besitz befand, dieser Legitimationsausweis sozusagen, mit dessen Hilfe ich wiederum diese beiden Procegoviner hätte bereden können, mich ihrerseits als blavazischen Spion gefangenzunehmen und in procegovinisches Gebiet abzutransportieren, da ich hier einen – mit Ölfarbe auf Leinwand gemalten – Geheimplan des Grenzgebietes angefertigt habe. Dazu wurde mir die Flucht über den Fluß von einer am Ufer aufgestellten Patrouille abgeschnitten, welche nicht aussah, als beabsichtige sie, das mühsam eroberte Gebiet innerhalb der nächsten Tage zu räumen.

Daher blieb mir nichts anderes übrig, als mich nun in unbekanntem, bis zu diesem Zeitpunkt feindlichem Gebiet landeinwärts zu begeben, was ich tat; anfangs schweren Herzens. Aber das Herz wurde mir leichter, je länger ich wanderte: denn ich bin ein Freund von Fußwanderungen, vor allem wenn ich keinen Ballast mit mir trage und nirgends erwartet werde.

Seit diesem Ereignis habe ich mich oft gefragt, ob das begeisterte Urteil, welches die Kritiker über meine Bilder abgegeben haben, anders ausgefallen wäre, hätte mich die Legende nicht zu einem Märtyrer gemacht. Während ich die heutigen Zustände gut genug kenne, um beurteilen zu können, daß Onkel Robert mit seiner Meinung, Tot-Sein sei die allererste Vorbedingung zum Erfolge, recht gehabt hat, bin ich mir nicht ganz darüber im klaren, ob man dazu auch noch ein Opfer politischer Machtgier gewesen sein sollte, obgleich ich zu glauben geneigt bin, daß es so ist; und Philipp, der ein Kenner ist, und der viel von meinen Bildern hält, ist der gleichen Ansicht.

Ich verdanke also meinen Erfolg als Maler mindestens ebensosehr der Legende wie meiner Begabung, ein Umstand, der mich zweifelsohne zutiefst beunruhigen würde, hätte ich nicht meinen Ehrgeiz als Künstler und meine Identität als Anton Velhagen verloren.

Viel später erst, als ich – in St. Ignaz – wieder alte Nummern der Zeitungen neutraler Länder studieren konnte, fand ich die Zusammenhänge heraus, die zu der jähen Änderung meines Schicksals geführt hatten, mit welchem ich mich damals, nachdem ich Vorteil gegen Nachteil abgewogen hatte, nur allzu willig abfand.

Milan hatte von seinem Versteck mit angesehen, wie die blavazischen Soldaten mich zum Fluß hinunterführten, und daraus geschlossen, daß sie mich am anderen Ufer erschießen würden, welchen Fehlschluß er der nächsten militärischen Dienststelle als Tatsache mitteilte. Diese gab den Bericht weiter, und zwei Stunden später leitete das procegovinische Oberkommando unter Oberst Sczlûcz, welcher bis dahin von dem blavazischen Einfall noch nichts gewußt hatte, eine Aktion ein, den Mord zu rächen und bei dieser Gelegenheit ein – diesmal wirklich großes – Stück blavazischen Gebietes zu erobern. Procegovinische Truppen überquerten die Kretinitza, und sie waren es gewesen, die mich, der ich das Ganze verursacht hatte und den es zu rächen galt, landeinwärts getrieben hatten.

Währenddessen tat auch die procegovinische Presse das Ihre, mich, das Opfer blavazischer Expansionsgier, zu Legendenstoff zu verarbeiten. In Vlastopol demonstrierten die Studenten ekstatisch und so lange, bis man sie mit Hilfe der Polizei zu den Vorlesungen holte. Schulkinder lernten ein Gedicht über mich auswendig, welches mich als einen jungen Helden darstellt, der seine letzten Tage, am Ufer der Kretinitza sitzend, mit dumpfem Brüten über die ungerecht gezogenen Grenzen seines Vaterlandes verbracht hat; denn, wie alle Großen, war auch ich zum Procegoviner geworden; dies entnahm man einer ausführlichen Autobiographie, welche, vermutlich auf Veranlassung meines Onkels, des Kultusministers, in Fortsetzungen in der »Procegovinscu

Gazettác« erschien, und die ihrerseits das Material für den Tatsachenbericht »Mit Pinsel und Schwert« von Giselher Föhrwald lieferte, der, illustriert von allerhand authentischem Bildmaterial, durch verschiedene mitteleuropäische illustrierte Zeitungen ging.

In Píloty fand eine Gedächtnisausstellung meiner Bilder statt, welche mein Onkel eröffnete, zu der Wilhelm Bruhlmuth eine kleine, sachliche – und, wie ich später feststellen konnte, ausgezeichnete – Broschüre über das Wesen meiner Kunst schrieb, und bei der sämtliche Gemälde verkauft wurden, und zwar zu Preisen, die ich selbst niemals zu erhoffen gewagt hätte.

Und der Radius der Fremdenführungszone wurde auf die von mir so geliebte Landschaft ausgedehnt: mein Arbeitszimmer wurde gezeigt, in welchem alles noch so lag, wie ich es verlassen hatte, meine Staffelei und meine Pinsel, auf denen die Ölfarbe nun doch endgültig getrocknet ist. Armer Milan, du Freund eines kurzen Jahres, wie magst du den Tag verfluchen, an dem du mich bei dir aufgenommen hast!

Indessen saß ich, von nichts dergleichen ahnend, in Slovzograd, der Hauptstadt Blavaziens, an der Ecke des Freiheitsboulevards und der Avenue des 28. Oktober auf der Straße und malte schöne Sonnenuntergänge auf das Pflaster.

Zunächst ging das Geschäft nicht gut, denn die meisten der Vorübergehenden blieben nur stehen, um mir zu sagen, ich sei noch jung, und anstatt ihre Wohltätigkeit zu beanspruchen, solle ich mich gefälligst zum Militärdienst melden, andernfalls ich es mir selbst zuzuschreiben habe, wenn die Procegoviner eines Tages über das Land hinwegbrausten und alles zunichte machten. Diese Vorstellung erschien mir phantastisch; aber die Blavazier, die ja für ihr martialisches Wesen berühmt sind, meinten es ernst. Erst als ich mir den linken Ärmel abschnitt und meinen Arm hinter dem Rücken angebunden hielt, hatten meine Gemälde Erfolg. (Es ist dies ein interessanter Parallelfall zu dem vorhin Gesagten: auch die Werke eines Straßenpflastermalers werden nach außerkünstlerischen Motiven gewertet; es ist nicht die Fähigkeit zu malen, sondern die, Mitleid zu erwecken, welche den Erfolg ausmacht. Damit will ich übrigens keineswegs sagen, daß meine Werke nicht von Tag zu Tag an Reife und auch an Dichte zunahmen.)

Ich denke nicht ungern an die paar Monate zurück, in denen ich hier saß, aller Verantwortung und Verpflichtungen enthoben, mit nicht mehr Habe als der, die ich auf dem Leibe, und dem Ring meiner Tante, den ich am Finger trug, jedoch mit einem schnell anwachsenden Schatz an blavazischen Pengös (etwa ein Drittel des damaligen ungarischen Pengös) in der Tasche: denn mildtätige Menschen gab es auch hier.

Ich sehe noch die ältere Engländerin vor mir – man sah ihr an, daß auch sie in unbewachten Augenblicken Aquarelle malte, wie alle Engländerinnen von einem bestimmten Alter aufwärts –, welche öfters vorbeikam und meine Werke eingehend studierte, als sei sie im Museum: zuerst den Sonnenuntergang im Hochgebirge, dann den Abend auf der Alm und schließlich die letzten Sonnenstrahlen am Meer. Dann ließ sie einen Pengö in meine Mütze fallen.

»Untertänigsten Dank, Mylady!«

»Sie armer junger Mann! Gewiß haben auch Sie einmal bessere Tage gesehen!«

»Allerdings, Mylady, aber die Zeiten . . . sie spielen uns allen übel mit.«

»Ja, ja, da haben Sie recht. Aber Sie sind ja ein richtiger Künstler! Wie sind Sie denn so heruntergekommen?«

Es wäre ein weitläufiges Unterfangen gewesen, hätte ich erklären wollen, daß die Stellung eines Straßenpflastermalers, wenn auch sozial auf einer niedrigeren Stufe als die des Atelierkünstlers, mitunter viel mehr einzubringen vermöge. Auch wollte ich nicht aus meiner selbstauferlegten Rolle fallen, an der ich eine Art makabres Vergnügen zu finden begann. Ich sagte: »Das ist eine lange Geschichte, Mylady. Ich bin, sozusagen, ein Opfer der Umstände. Aber das sind wir Menschen gewissermaßen ja alle.«

Die alte Dame stieß einen Seufzer der Zustimmung aus und meinte diesmal, daß ich ja ein rechter Philosoph sei. Unwillkürlich mußte ich an Onkel Roberts Erzählung seiner frühen Bekanntschaft mit Liane denken, während welcher diese der gleichen Meinung Ausdruck gegeben hatte: wie einfach sich doch manche Leute, vor allem Frauen, philosophische Erkenntnis vorstellen und wie leicht sie geneigt sind, dieselbe gerade im Besitze solcher zu vermuten, die sich dazu am allerwenigsten eignen. Ich sagte, daß, wenn man hier so tagein tagaus sitze, einem eben so mancherlei Gedanken durch den Kopf gingen; daraufhin warf mir die Engländerin einen Fünf-Pengö-Schein in die Mütze. Dies, so dachte ich, wäre nun der Moment, weitere Wahrheit aus den Ärmeln zu schütteln – aber echte Großzügigkeit soll man nicht ausnutzen, und so tat ich es auch nicht. Jedenfalls hatte ich mir diese Gabe nicht mit dem Malen, sondern mit dem Philosophieren verdient. Es müßte Straßenpflasterphilosophen geben. Ich bin überzeugt, ihre Einnahmen wären nicht schlecht.

Die Gute kam hiernach noch öfters vorbei, um meine Werke zu bewundern, und dabei ein paar naive Worte mit mir zu wechseln. Ihre Gaben waren stets so generös, daß ich jedesmal am liebsten einen Pflasterstein ausgerissen hätte, um ihr wenigstens ein Gemälde als Gegengabe schenken zu können. Und immer fühlte ich mich beinahe schuldig, auch ihr gegenüber eine Rolle spielen zu müssen, die meine wahre Persönlichkeit verhüllte. Die besten Menschen sind doch die, welchen sich das Leben nur in seinem einfachsten Gewand offenbart, und die an heikleren Ecken der Wirklichkeit ahnungslos vorüberziehen; in ihrer Vorstellungswelt hat das Böse keinen Platz.

»Besuchen Sie St. Ignaz, den Erholungsort Ihrer Träume!« Diesem verlockenden Plakat konnte ich auch in Slovzograd nicht entgehen. Wenn ich morgens auf dem Weg zum Pflaster meiner Tätigkeit und abends auf dem Heimweg am Bahnhof vorbeikam, lachte mich auch hier, unter blavazischem Text, dieses Bild an: ein aus eleganten Bauten bestehendes kleines Juwel, inmitten majestätischer Bergwelt, von strahlend-blauem Himmel bedeckt; und immer wieder wurde ich an meine Reiseandenken erinnert, welche mir Tante Lydia damals mitzubringen pflegte; unbrauchbarer Tand, der zu jener Zeit kaum meine Neugier entfacht hatte, jedoch allmählich die Entstehung eines wohl etwas unwirklichen Bildes der Erholungswelt in mir zu verursachen begann. Was mochte es nun mit diesem St. Ignaz auf sich haben, diesem vielfarbenen Juwel?

Man hätte sich gedacht, daß meine frühere Neigung, Bildhaftes als bare Münze zu nehmen, im Laufe erfahrungsreicher Jahre verkümmert sei. Aber so war es nicht. Was ich in meiner Kindheit etwa als Aperçu eines Frühreifen zum Ausdruck zu bringen gewohnt war, offenbarte sich hier als kindliche Gutgläubigkeit eines Erwachsenen. Langsam wuchs in mir der Entschluß, meine Sehnsucht nach St. Ignaz und meine zur Manie werdende Neugier zu befriedigen.

Und als ich genug Pengös in der Tasche hatte, um mir die Fahrkarte und einen neuen Paß kaufen zu können – der Leser möge mir verzeihen, wenn ich den damals angenommenen Namen, welcher auch mein heutiger ist, nicht preisgebe –, bestieg ich die Eisenbahn und fuhr nach St. Ignaz.

St. Ignaz gilt als der Höhepunkt alpiner Schönheit schlechtweg und daher als idealer Treffpunkt der internationalen mondänen Welt und Halbwelt zu Sommererholung und – hier nicht berücksichtigtem – Wintersport. Seine Lage ist einzigartig, einzigartiger als die der meisten Orte dieser Gattung. Um für einen Augenblick vollends in den Stil hinabzugleiten, welcher dieserart Thematik am besten wiederzugeben vermag, sei noch erwähnt, daß er, umgeben von reichem Waldbestand, an einem kristallklaren Alpensee liegt, wo die muntere Forelle des Fischers harrt, daß Golf, Polo, Rudern, Segeln, Tennis, Wandern, Bergsteigen und Denksport dem Tatendurstigen Zeitvertreib bieten, während der weniger aktive Kurgast dem gesellschaftlichen Leben zuspricht.

Dies sind allerdings erst die Beschäftigungsarten der Tatendurstigen und der weniger Aktiven. Die dritte Kategorie ist bei dieser Aufstellung noch nicht berücksichtigt, nämlich die der Leidenden. Ihnen bietet sich die reichste Abwechslung: Bade- und Trinkkuren mit Kohlensäure und Eisen, Moorbäder, Moorpackungen mit natürlichem – auf Wunsch auch künstlichem – Alpenmoor, Massage, Wassermassage, Unterwasserstrahlmassage, Wechselduschen,

Darmbäder, Darmwechselduschen, Inhalationen, Mund-
duschen, Mundmassage und Elektrotherapie; wer bei solch
mannigfachen Möglichkeiten nicht aller Leiden enthoben
wird, der weiß nicht, was Leiden wirklich bedeutet, und
wird sich die Heilung niemals erkaufen können.

Mit solcherart Beschäftigungen also geht die Zeit dahin;
sollte dennoch hier und da ein freier Moment, eine Pause
der Besinnung, bleiben, so sorgt das Programm des Kur-
orchesters – Keler Belas Festouvertüre »Tempelweihen«,
Fetras »Mondlicht auf der Alster«, Ostrĉils »Wachende
Träume«, um nur einen bunten Kranz willkürlich herauszu-
greifen – dafür, daß auch den Musen das ihnen Gebührende
zuteil werde.

Und diese haben denn wohl auch bei der allmählich fort-
schreitenden Entwicklung der gigantischen Hotelbauten
Pate gestanden, deren Entstehungsperiode sich etwa über
die letzten hundert Jahre erstreckt. Hier hat über das solide,
geräumige Gebäude des mittleren neunzehnten Jahrhunderts, welches vielleicht hier und da ein munteres Element,
etwa in Form eines farbigen Terrakotta-Auswuchses, auf-
weist, ein Architekt der flotten neunziger Jahre ein weiteres
Stockwerk mit Holzbalustraden und gotischen – aber nicht
zu gotischen – Bögen gesetzt. Da kam ein Baumeister unseres Jahrhunderts daher, sah sich das Bestehende prüfend an
und probierte kurzerhand den Pagodenstil darauf aus, und
zwar – da hier die kalte Logik des Steinbaus versagte – tat er
es mit Beton. Der nächste krönte das Werk mit einem
Schweizer Dach und geschnitzten Giebeln, was ihm keiner
verübeln wird, denn der Nationalstil will auch zu Worte
kommen. Der hieraus entstehende Nachteil, daß der kommende Architekt, welcher vermutlich das, was er zu sagen
hat, mit Glas und Stahl sagen wird, zunächst dieses Dach

wieder entfernen muß – wie man einen Hut lüpft –, bevor er das nächste Stockwerk dazwischenschiebt, ist unwesentlich, wenn man Aufwand gegen Erfolg abwägt. Denn dieser ist wirklich beträchtlich; das heißt: wenn man als sein Kriterium die Vielfalt verschiedener Stilarten an einem Bauwerk anlegt.

Ich sehe ein, daß diese meine Beschreibung unzulänglich ist, aber nun, da sie steht, mag sie hingehen. Es ist an sich falsch, solchem Leser, der St. Ignaz nicht kennt, einen Eindruck in Worten zu vermitteln. Denn er wird versuchen, es sich vorzustellen, und das eben ist nicht möglich.

Als ich, kurz nach meiner Ankunft, aus der Hotelhalle ins Freie trat, um mir das Leben auf den Straßen anzusehen und – nachdem ich die Preise studiert hatte – unverzüglich meinen Ring, das letzte Andenken an meine Tante Lydia, zu verkaufen, fiel mein Blick auf ein kleines Plakat, auf welchem stand:

Heute abend im kleinen Silbersaal des
Grand-Hotel Majéstic et de la Paix
Hans Hamilkar Bühl liest
ausgewählte Gedichte und Aphorismen

Ich beschloß, diese Veranstaltung zu besuchen; denn hier galt es wohl, mein Urteil über die Fähigkeiten dieses Dichters, welche mir bisher klein erschienen waren, zu revidieren: immerhin hatten diese ihm die Pforten zum Silbersaal des Grand-Hotel Majéstic et de la Paix in St. Ignaz geöffnet – was von solchen nicht unterschätzt werden wird, die diesen Silbersaal kennen – und es ihm hier ermöglicht, vor einem ausgesuchten Publikum in Erscheinung zu treten. Hut ab vor diesem Bühl, dachte ich; von Sudermanns Saftwürstchen über Kritiken procegovinischen Kulturlebens zu den Silbersälen der großen Welt: das sind Sprünge einer Karriere, die selbst vor einem Nobelpreis nicht haltmacht.

Indessen war hier auch Vorsicht am Platz: ich wollte dem Dichter nicht persönlich begegnen, denn ich war der Welt abhanden gekommen, und den Fall einer eventuellen Auferstehung wollte ich nach Möglichkeit meinem eigenen Ermessen überlassen.

Ich schlenderte durch die Straßen, an Modesalons, Andenkenhandlungen, einem anspruchsvollen Kunstsalon und mehreren Uhrengeschäften vorbei und war überrascht, hier, zur späten Vormittagsstunde, zu der ich die meisten Kurgäste bei Wechseldusche, Darmbad oder Polo vermutet hätte, solch reges Leben vorzufinden. Im Café Hinzelmann saßen die Damen dichtgedrängt beieinander, über Mokka und Petit-fours, von Hautöl gegilbt, in eleganter Bergsteigerkleidung, die allerdings nicht dafür gearbeitet war, einem wirklichen Anstieg standzuhalten, und zwischen ihnen spielten die Kinder, selbstbewußte Mädchen, aus Rüschen und Schleifen angefertigt, und beredte Knaben, in welchen man schon jetzt die grauschläfigen Roués des nächsten Fin de siècle erkennen konnte.

Ich verkaufte den Ring im ersten Juweliergeschäft, auf das ich stieß, zu einem Preis, welcher mich, der ich nichts von Schmuck verstehe, vollauf befriedigte, da er mich für die nächsten Wochen aller Sorgen enthob. Mit dem angenehmen Gefühl, nun auch unerwarteten Ansprüchen, die das Leben hier an mich stellen mochte, mit der nötigen Großzügigkeit begegnen zu können, machte ich mich auf den Heimweg.

Als ich zu dem Kunstsalon gelangte, entdeckte ich in einem der Seitenfenster, das vorher meiner Aufmerksamkeit entgangen war, ein Gemälde, welches, sowohl in seiner Komposition als auch in der Wahl der Farben, so sehr meinen früheren Bildern glich, daß ich zunächst glaubte, ich habe es selbst gemalt. Im Geiste zählte ich meine Gemälde und stellte dabei fest, daß dieses keines meiner eigenen sein könne. Sollte ich, der Frühverstorbene, bereits eine Herde von Epigonen gezüchtet haben? Als ich jedoch näher hinzutrat, bemerkte ich links unten mein Zeichen A. V. Dies machte mich nun doch stutzig: war etwa dieses beachtenswerte Bild tatsächlich meinem Gedächtnis entschwunden? Dieser Sache mußte ich auf den Grund gehen! Ich betrat die Handlung. Hier entdeckte ich ein weiteres Gemälde meiner Art. Auch dieses trug mein Zeichen.

Der Bestand meiner Bilder war wahrhaftig nicht so groß, als daß ich, dessen visuelles Gedächtnis meiner künstlerischen Berufung durchaus gerecht gewesen war, zwei meiner eigenen Gemälde nicht erkannt hätte, welche ich obendrein noch zu meinen besten hätte zählen dürfen.

In diesem Moment jedoch ging mir ein Licht auf, ein grelles Scheinwerferlicht. Onkel Robert, dachte ich, dieser . . . Ein junger Herr erschien im Hintergrund und machte sich mit bedächtigen Schritten zu mir auf. Er war der Typ des angehenden Kunsthändlers, sachverständig und beflissen, dem man feines Einfühlungsvermögen in Künstler sowohl als auch in Kunden ansah. Er rieb sich die Hände.

»Ist das nicht ein Velhagen?« fragte ich und wies auf das Bild im Inneren des Ladens.

»Ganz recht«, sagte der Herr. »Wir schätzen uns glücklich, zwei Werke des unglücklichen jungen Künstlers zu besitzen, welcher der Habgier der Völker zum Opfer gefallen ist.«

»Und wie, wenn ich fragen darf, sind Sie in Besitz dieses Schatzes gekommen?«

»Ein Onkel des Verstorbenen, der augenblickliche Kultusminister des procegovinischen Fürstentums, besitzt und verwaltet den gesamten Nachlaß.«

Onkel Robert, dachte ich, schreckt aber wirklich vor gar nichts zurück. Tatsächlich hat er sich mein tragisches Ende, diesen Anlaß erschütternder Kundgebungen und resoluter Manifeste, zunutze gemacht, um sein Unwesen nun auch auf das Gebiet der modernen Kunst zu verlegen. – Wo aber mochten wohl meine echten Bilder sein?

»Diese beiden«, sagte der Herr, »können sogar als besonders starke Werke angesprochen werden. Nicht alle besitzen die gleiche Qualität, die gleiche – wie soll ich mich ausdrücken? – Intensität der Empfindung. Beachten Sie zum Beispiel hier, diese braune Waagerechte, wie sie in die blaue Fläche hineinstößt, als wolle sie mit Gewalt ihre Harmonie zerstören. Man kann sich des Gedankens nicht erwehren, als habe der Künstler seinen Märtyrertod vorausgeahnt und habe hier . . .«

»Wie teuer ist dieses Bild des Unglücklichen?«

Der Herr – es war zweifelsohne einer – nannte eine ungeheure Summe in einem Tonfall, welcher besagte, daß er diesen Preis für durchaus angemessen, ja, beinahe noch zu niedrig halte, aber es dennoch – natürlich auf durchaus höfliche Weise – anzuzweifeln wage, daß einer wie ich in der Lage sei, ihn zu bezahlen. Ich erkundigte mich nach dem Preis des anderen Bildes. Er war noch höher. Nach welchen Gesichtspunkten man diese Preise wohl festgesetzt hatte? Wahrscheinlich entsprachen sie Roberts diabolischer Willkür.

In der Tat hätte ich diese Preise niemals bezahlen können,

hätte sie allerdings auch niemals verlangt. Ich gab dem Herrn mit einem Laut und einer Geste zu verstehen, daß ich diesen Preis für durchaus angemessen, ja, beinahe für zu niedrig halte, und versuchte, ihm gegenüber den Eindruck zu erwecken, als spiele ich tatsächlich mit dem Gedanken, eines der beiden Bilder zu erwerben. Dann erkundigte ich mich nach Handzeichnungen des Verstorbenen.

»Handzeichnungen«, sagte der Herr, und sein Gesicht nahm einen überlegen-belehrenden Gesichtsausdruck an, »hat uns der junge Märtyrer nicht hinterlassen. Wir besitzen noch nicht einmal irgendwelche Skizzen von ihm. Velhagen pflegte seine Bilder sofort auf die Leinwand zu projizieren, ohne vorher auch nur irgendeinen Entwurf anzufertigen.«

Diese Theorie hatte der Herr offensichtlich Bruhlmuths Broschüre entnommen, die ja das einzige Lesematerial darstellte, welches mehr den künstlerischen als den menschlichen Aspekt meiner Person behandelte; zwar war auch in dieser vieles aus der Luft gegriffen, aber verglichen mit anderen Beschreibungen, etwa der Arbeit von Föhrwald, mochte sie immerhin noch als ein Manifest der Wahrheit gelten: schließlich war weder der Freiheitsheld noch der Märtyrer in mir besonders stark ausgeprägt.

Und, wie es eben so geschieht, wenn plötzlich ein wildfremder Mensch einen über Details eigener Angewohnheiten zu belehren sucht, welche zudem noch nicht einmal mit der Wirklichkeit übereinstimmen, war auch mein Geist zum Widerspruch angeregt. »Ich kenne diese Theorie«, sagte ich; »Bruhlmuth vertritt sie in seiner Monographie des Künstlers. Aber er irrt; wie ja überhaupt selbst eminente Kunsthistoriker oft irren. Ich selbst besitze nämlich einige Federzeichnungen des Verstorbenen. Ich sammle sie und hatte gehofft, hier noch einige zusätzlich zu erwerben.«

Der Herr stand erstaunt, aber wenig überzeugt. Offensichtlich wußte er es besser. »Es würde uns interessieren« – wohlgemerkt: er fiel in den Plural, mit welchem er vielleicht die Expertenwelt, vielleicht aber auch nur seine Chefs meinte –, »diese Zeichnungen einmal zu sehen.«

Ich versprach, innerhalb der nächsten Tage mit ihnen vorzusprechen, verabschiedete mich und ging zurück in mein Hotel, um die versprochenen Blätter anzufertigen.

Der kleine Silbersaal des Grand-Hotel Majéstic et de la Paix war gut besucht, aber keineswegs ausverkauft. Die ersten zwei Sesselreihen waren leer, in der dritten saßen die halbwüchsigen Jünglinge, und dann folgten, weiter hinten, einige zwanglos verteilte Gruppen. Ich ließ mich an der Seite nieder, um den Dichter zwar zu sehen, aber von ihm nicht erkannt zu werden; denn Dichter haben die Angewohnheit, während des Vortrages um sich zu blicken, entweder suchend und seherisch, oder um den Eindruck des Vortrages auf die Zuhörer zu prüfen, oder beides in einer Bewegung vereinend.

Langsam erlosch das Licht im Saal bis auf das Lämpchen auf dem Vortragspult, eine Wachskerze, auf der eine elektrische Birne in Form einer Flamme saß. Da betrat eine ältere Dame den Silbersaal, nahm in der Mitte der ersten Reihe Platz, lächelte dem Dichter, welcher nun zwischen dem Vorhang heraustrat, ermutigend zu: es war Tante Lydia.

Und nun erst rückte die Veranstaltung für mich ins rechte Licht. Tante Lydia also war es, die sich des Dichters und

Aphoristikers Hans Hamilkar Bühl angenommen hatte, nachdem dieser – vielleicht gar mit erfundenen Empfehlungen von Onkel Robert – sich um ein Mäzenat bei ihr beworben hatte.

Ja, gewiß war es so. Bühl, dessen – in seinem Falle peinliche – Zuneigung der halbwüchsigen Jugend galt, hatte sich der alternden Dame mit goldenen Aphorismen genähert und war daraufhin der nichtswürdige Nachfolger von Philipp Roskol geworden. Und sie war es, ohne Zweifel, die für ihn die Silbersäle öffentlicher Anerkennung mietete, welche Räume den Vortragenden, wer sie auch seien, stets ein gewisses Prestige verleihen. Denn selbstverständlich betrachtete man eine solche Darbietung als die von der Kurdirektion veranstaltete Würdigung eines berühmten Gastes: kein Mensch hätte einen Vortragsabend besucht, dessen Unkosten von dem Vortragenden oder gar von dessen Mäzen bestritten wurden.

Bühls Gedichte hatten sich geändert. Bei den Fleischtöpfen Tante Lydias hatten sie inzwischen jenen quälenden Tenor angenommen, welcher den vor den Toren stehenden Weltuntergang, verursacht durch die Verhärtung der menschlichen Seele, verkündet. Diesem anhaltenden Ton resignierter Anklage, ab und zu von einem apokalyptischen Bild beleuchtet, folgte ich in einer Art aufmerksamer Trance, aus welcher ich nur hin und wieder durch die Erscheinung des Bademeisters aufgeschreckt wurde, dieses sinistren Akteurs in Weiß, der nicht davor zurückschreckte, auch musische Regionen zu betreten, um seine Opfer daran zu erinnern, daß ihr Badestündchen geschlagen habe, und, nachdem die Unglücklichen aufgestanden waren, hinter ihnen her zum Tatort – wahrscheinlich zur Unterwasserstrahlmassage oder einer anderen Erfindung Dantes – zu schreiten. In diesem Raume erschien er gleich einem Rufer aus dem Jenseits, welcher das Vorgetragene auf schöne und stilgerechte Weise illustrierte.

Anders die Aphorismen. Kein Bademeister hätte sie agieren, kein anderer Sterblicher sie nur soviel wie verstehen können, weshalb es auch mir unmöglich ist, ihre Thematik anzudeuten, geschweige denn wiederzugeben. Über diese Schwierigkeiten einer eventuellen Deutung war sich ihr Verfasser sehr wohl im klaren: und so vereinfachte er den Vortrag durch tiefe Gongschläge, welche jeweils am Ende eines Aphorismus ertönten, so daß man wisse, wann ein Gedanke endete und der nächste begann. Der Gong wurde von einem der Jünglinge bedient, der wahrscheinlich in mühsamer Arbeit den gesamten Wortlaut auswendig gelernt hatte.

Tante Lydia mußte nicht zu Bade gehen. Sie saß auf ihrem Sessel, einen Pelz locker um die Schultern gelegt, und folgte hingegeben den – ihr gewiß bereits bekannten – Bühlschen Gedanken, von apokalyptischen Bildern bis zu den Bemerkungen über Gott, Zeit, Ewigkeit und Schuld.

Und als ich sie später abends am Arme Bühls durch die Hotelhalle schreiten sah, ihr weißviolettes Haar hoch aufgetürmt, zwei nasenlose Pekinesen an einer Doppelleine vor sich hertreibend, da durchfuhr mich ein Schauer des Mitleids: ihr war die Gnade, mit Würde zu altern, versagt geblieben.

Ich habe weder sie noch Hans Hamilkar Bühl wiedergesehen.

Was ist ein echtes Bild? Ein echtes Bild ist ein Bild, welches von einem oder mehreren Experten als echt erklärt ist.

Über meinem Schreibtisch hängen einige gerahmte Bleistiftzeichnungen von mir, die ich sogar besonders hoch schätze. Es sind dieselben Blätter, welche ich, kurz nach der Entdeckung der von Onkel Robert gefälschten Bilder, in die Kunsthandlung brachte, um mein Versprechen dem händereibenden Herrn gegenüber einzuhalten. Ich ließ sie einige Tage dort, und als ich wiederkam, um sie abzuholen, erklärte mir der Herr mit einem Lächeln genießerischen Bedauerns, es sei seine peinliche Pflicht, mich davon zu unterrichten, daß es sich hier um äußerst geschickte Nachahmungen der Manier des unseligen Künstlers Anton Velhagen handle, jedoch keineswegs um Originale. Dann stellte er einige Vergleiche zwischen den Zeichnungen und Onkel Roberts Fälschungen an, welche – um dem Herrn gerecht zu werden – auch mich überzeugten.

Selbst ein verständiger Laie, sagte der Herr, in welche Kategorie er – wahrscheinlich ohne mir zu nahe treten zu wollen – mich einordnete, könne den subtilen Qualitätsunterschied an diesem und jenem Detail erkennen; nun, so schloß er, es würde ja so viel gefälscht heute, und da sei es kein Wunder . . .

Was sollte ich nun dazu sagen? Ich war nicht mehr Anton Velhagen; es wäre daher müßig – ja, genaugenommen, sogar unwahr – gewesen, hätte ich mich als solcher zu erkennen gegeben. Oder hätte ich gar auf der Urheberschaft der Gemälde bestehen sollen, die ja in der Tat gar nicht die meinen waren?

Oder gar bei dieser Gelegenheit, hier und jetzt, Onkel Robert als Fälscher entlarven? Ein hoffnungsloses Unterfangen, mit dem ich nichts erreicht hätte, außer mich selbst ins Verderben zu stürzen: denn gewiß hätte man mich sogleich als Hochstapler verhaftet. Man sieht: ich war in einer schwierigen und durchaus ungewöhnlichen Situation.

Ich habe diese Aufzeichnungen mit der Feststellung begonnen, daß mir nichts ferner liegt, als Staub aufzuwirbeln, und ich mich zu der Rolle des Weltverbesserers nicht berufen fühle, was auch übrigens niemanden erstaunen wird, der die Qualifikationen der wirklichen Weltverbesserer kennt. Ich möchte an dieser Stelle das Ausmaß dieser Feststellung noch erweitern: es ist mir noch nicht einmal gegeben, in schwierigen Lebenslagen mein eigenes Interesse wahren zu können. Und es ist gut, daß es so ist. Denn abgesehen davon, daß diese eigenen Interessen das Verderben des Nächsten bedeuten mögen – und übrigens in vielen Fällen auch ausschließlich ebendies bedeuten –, ist es heute sehr schwer, festzustellen, wo die Interessen wirklich liegen: die überlegte Handlung von gestern mag sich schon heute als übereilt und unklug herausstellen, die Tat von heute ist die Untat von morgen – ich überlasse es dem Leser, diese Aufstellung zu erweitern –, und ich rate allen denen, welche durch irgendeinen Zufall – mag er nun dem meinen gleichen oder nicht – Anonymität gewonnen haben, diese als einen kostbaren Besitz zu hüten.

Erst gestern gab ich Philipp gegenüber solchen Gedanken Ausdruck. Wir gingen über Felder, durch den großen Raum des Abends, in welchen der Mond, diese Riesenkugel angestrahlten Gesteins, hinabhing wie eine fahle Lampe. Auf meinen Wunsch setzten wir uns auf eine aus Birkenästen roh gezimmerte Bank, und ich machte Philipp auf die tiefe Vollkommenheit der Natur aufmerksam. »Ja«, sagte er, »sehr schön, aber diese Bank ist eine Tortur. Warum sind alle ländlichen Möbelstücke als Foltern für den menschlichen Knochenbau konstruiert?«

Aber ich ließ mich nicht davon abhalten, der Schönheit

um uns eingehend Rechnung zu tragen, und bemerkte abschließend, daß doch der wahre Genuß, nämlich das Vergnügen an den Dingen, die ohne menschliches Zutun gegeben sind, sich nur denen offenbaren, die in das Leben keine Ambitionen investieren. Diese hätten es am besten.

Philipp unterbrach mich unwillig, als ahne er in diesen Sätzen eine nicht eben besonders zarte Vorbereitung zur Gretchenfrage. »Am besten«, sagte er, »sind die daran, die niemals geboren sind.« Und mit einem Seufzer fügte er hinzu: »Aber das kommt unter tausend Fällen höchstens zwei- bis dreimal vor.«

Solche Aussagen gebrauchte er öfters, aber sie sind bei ihm nicht ganz ernst zu nehmen. Denn seine Abneigung richtet sich nicht gegen die Welt als solche, sondern gegen eine Welt, in welcher Gerechtigkeit und Wahrheit nichts gelten. Er hat sich, wie ich schon sagte, gewandelt, und seinen Erfindungsreichtum, dessen er sich ehemals bediente, um ebendiese Welt zu täuschen, hat er inzwischen mindestens einmal zum Gegenteil anzuwenden versucht, nämlich, als ich kurz nach dem oben beschriebenen Erlebnis von St. Ignaz zu ihm fuhr, um seinen Rat in Angelegenheit der Fälschungen einzuholen. Wenn auch damals seine Pläne, nämlich Onkel Robert zu überführen und ihn der Justiz auszuliefern, nicht zur Ausführung gelangten, so hatten sie doch immerhin zur Folge, daß dieser der Welt – zumindest der Kunstwelt – endgültig verlorenging.

Aber ich greife vor.

Philipp gehörte zu denen, welche auf der Reise durch das gefährliche Land der Vortäuschung allmählich ermüden und sodann, aus purer Langeweile an seinem trüben Klima, den Rückweg antreten. Dieses Bild sei mir gestattet, denn ich habe mich seiner nur bedient, um damit zu betonen, daß sich die Wandlung nicht von einem Moment zum anderen vollzog; daß es kein äußerer Anlaß war, der Philipp Roskol auf seiner schwindelnden Bahn plötzlich innehalten, ihn die Hand zur Stirn führen ließ und ihn zu der Frage veranlaßte: »Philipp, was tust du da?«

Schon seit längerer Zeit hatte ihm der Kunsthandel nicht mehr bedeutet als eine lästige Routine, unter deren Oberfläche es bereits zu gären begonnen hatte, und als er eines Tages einen prominenten Sammler durch seine Galerie führte, um ihm einige Neuakquisitionen zu zeigen, begann er in genau dem gleichen sanften Tonfall, dessen er sich stets mit Erfolg seinen Kunden gegenüber bedient hatte, den tatsächlichen Ursprung seiner Antiquitäten zu erklären: jene Brunnenfigur mit dem edlen Faltenwurf sei nicht Tirol, siebzehntes Jahrhundert, sondern ihr Schöpfer lebe auf dem Lande, nicht weit von Würzburg, sei ein äußerst geschickter Nachschöpfer und habe eine eigene Zucht von Holzwürmern, welche er durch jedes neuangefertigte Stück jage. Es dauere allerdings gewöhnlich mehrere Jahre, bis diese sich durch eine mittelgroße Statue durchgearbeitet hätten. – Jene Delfter Kacheln übrigens entstammen nicht, wie man der Zeichnung und dem Material nach hätte annehmen sollen, dem sechzehnten Jahrhundert, sondern solche Stücke würden heute zu Tausenden fabrikmäßig hergestellt. Jedoch vergrabe man diese Produkte einige Jahre in feuchtem Lehm, um ihnen den Schein des Alters zu geben.

Der Sammler stand sprachlos. Er besaß bereits einige Tiroler Brunnenfiguren und mehrere Delfter Kacheln, welchen er wohl nun nicht mehr gegenüberzutreten wagte. Das beträchtliche Schweigegeld, welches er Philipp bot, lehnte dieser ab, denn er hatte vom Blut der Wahrheit geleckt.

Der Sammler verließ die Galerie, indem er einige vage Drohungen ausstieß, welche aber, wie eben Philipp wohl wußte, niemals über das Stadium der Drohung hinauswachsen würden.

Das war der Anfang, die erste, entscheidende Wendung zur endgültigen Umkehr. Fortan war die Galerie Philipps eine Stätte unerwünschter Aufklärung, über welche sich Sammler untereinander ausschwiegen, und die kein Käufer zweimal besuchte. Philipp indessen war mit Gedanken an einen weiteren Vorstoß in das Gebiet der Wahrheit beschäftigt, als ich nun eines Tages seine Galerie betrat.

»Du bist es!« sagte Philipp; »ich dachte, du seist tot.«

»Das denken alle«, sagte ich; »aber ich lebe noch, wenn auch nicht mehr als der Maler Anton Velhagen. Den hat man an der procegovinisch-blavazischen Grenze erschossen.«

»Ich weiß, ich kenne den Vorgang.«

»Ja, wahrscheinlich kennst du ihn viel genauer als ich. Wer die Dinge aus der Ferne oder womöglich aus dem Abstand der Zeit verfolgt, der weiß gewöhnlich viel besser Bescheid als Augenzeugen oder Opfer.«

»Du hast recht. So werden die Ereignisse zu historischen Wahrheiten: der Vorfall ist nichts, die Wirkung alles.«

»Nach diesem Grundsatz richtest du dich wohl sehr genau«, sagte ich und betrachtete mir die Kunstgegenstände im Raum, die zu gut waren, um echt zu sein. »Du scheinst ein Verkünder historischer Wahrheit geworden zu sein.«

»Du irrst«, erwiderte Philipp, »der Schein trügt dich.«

»Im Gegenteil«, sagte ich, »manchmal habe ich das Gefühl, als sei ich der einzige Mensch auf der Welt, der sich vom Schein nicht trügen läßt.«

Mit einer ausladenden Geste deutete Philipp auf die gefälschte Kunst um sich. »Was du hier siehst«, sagte er, »ist toter Bestand. Ich bin dabei, diese Galerie zu schließen. Ich habe meine Kunden im Laufe der letzten Monate über die Herkunft dieser Dinge unterrichtet, habe daher zunächst einmal ein reines Gewissen. Das ist für mich schon ein wesentlicher Fortschritt. – Übrigens habe ich nie gewußt, wie langweilig es ist, ein reines Gewissen zu haben.«

»Du mußt es auch nicht als Selbstzweck betrachten«, sagte ich trocken; »du kannst daneben noch eine Beschäftigung ausüben, und zwar am besten eine, die dich mit deinem gereinigten Gewissen nicht wieder in Konflikt bringt. Wie wäre es zum Beispiel, wenn du den Lieferanten deiner Antiquitäten auf den Hals rücktest?«

»Das ist nicht nötig. Ich habe ihnen vor wenigen Wochen telegrafisch mitgeteilt, daß man ihnen auf der Spur sei und sie bereits polizeilich verfolge.«

»Tut man das wirklich?«

»Nein, noch nicht. Aber ich habe inzwischen feststellen können, daß sie alle auf mein Telegramm hin in panischer Flucht die Stätten ihrer Tätigkeit verlassen haben. Du siehst: ich habe meine Brücken wenigstens angezündet. Nun gilt es, den Brückenbrand zu schüren.«

Er schwieg und sah mich an, als bedürfe er dazu meiner Unterstützung, wage aber nicht, sie zu beanspruchen.

Ich kam ihm zuvor. »Ich könnte deine Hilfe brauchen«, sagte ich und erzählte ihm von Onkel Roberts Fälschungen meiner Bilder. Aufmerksam hörte er mir zu und lächelte mich dabei an, als gösse ich mit meiner Erzählung angenehme Schauer Wassers auf seine Mühle.

»Dem ließe sich begegnen«, meinte er, als ich geendet hatte. Er dachte einen Augenblick nach. »Ich bin ein Nachtschattengewächs«, sagte er dann; »meine Blüten im Frühling waren giftig, aber dafür sollen meine Früchte im Herbst eßbar sein.«

Zu dieser Zeit war Onkel Roberts Seelenruhe bereits dahin. An Jahren nicht mehr jung, war er nervös, und sein Schlaf war unruhig geworden. Oft stand er nachts auf, und Liane traf ihn noch am frühen Morgen dabei an, wie er, hohläugig, unzusammenhängende Worte redend, durch seine Bildergalerie wandelte, das Cognacglas in der einen, die Flasche in der anderen Hand. Und es war nicht etwa die Verantwortung, die er als Kultusminister auf seinen Schultern trug: in einem Kulturland hat ein Kultusminister keine Sorgen, die ihn zur Flasche greifen lassen. – Nein, es war der Umstand, daß zwei große europäische Museen je ein Gemälde von Ayax Mazyrka angekauft hatten, welche beide nicht von ihm waren. Onkel Robert war also im Begriff, die Kontrolle über den Mazyrka-Bestand zu verlieren.

Im ersten Falle handelte es sich um das Gemälde »Szygmunt Musztar vor der Schlacht bei Krzesz«. Man hatte vor dem Ankauf den größten lebenden Mazyrka-Experten, Wilhelm Bruhlmuth, hinzugezogen, welcher von procegovinischer Seite strikte Anweisungen erhalten hatte, dieses Bild, wenn es seine Qualität auch nur im geringsten zulassen sollte, als echt zu erklären, da man jeglichen historischen Untersuchungen und zu nahen Vergleichen mit anderen Gemälden des Meisters aus dem Wege gehen wollte. Bruhlmuth prüfte das Bild, erklärte es als echt und riet zum Ankauf, unterließ es jedoch aus Gründen der Diplomatie, irgendwelche Nachforschungen über seine Urheberschaft anzustellen, obgleich er, wie auch der Rest der Eingeweihten, vor allem Onkel Robert, gern Näheres darüber gewußt hätte.

Kurze Zeit darauf tauchte das Spätwerk »Bildnis einer orthodoxen Nonne« auf, und nun wurde man unruhig: wer war dieser neue – und übrigens keineswegs schlechte – Mazyrka, und wieviel Gemälde waren von ihm noch zu erwarten? Jedenfalls galt es, seinem Treiben ein Ende zu bereiten. Bruhlmuth wurde entsandt und erklärte das Gemälde für falsch. Daraufhin wurde er von dessen ehemaligem Besitzer, einer prominenten Figur in der Politik seines Landes, verklagt.

Es kam jedoch nicht zum Prozeß, denn kurz nach dieser Expertise verstarb Bruhlmuth. Damit war aber die Existenz des schrecklichen Unbekannten keineswegs aus der Welt geschafft; noch immer wußte niemand, ob es sich bei ihm um einen einfachen – gewissermaßen ahnungslosen – Fälscher handelte, der Mazyrkas fälschte, wie man eben alte Meister fälscht, oder um einen Kenner der wahren Verhältnisse, der sich diese seine Kenntnis, die wachsende Verwirrung des dahinschmelzenden Kreises der Mitwisser und deren steigenden Argwohn gegeneinander mit Erfolg zunutze machte.

Im letzteren Falle: was war das Ziel seiner Bemühungen? Wer würde, nun da Bruhlmuth tot war, der nächste Experte sein? Und wer konnte wissen, ob dieser nicht die neuen Mazyrkas, deren Zahl noch nicht abzusehen war, als echt und die alten als falsch erklären würde?

Diese Gedanken quälten Robert Tag und Nacht. Und so trank er, und da er nicht mehr jung war, zog er sich ein Leberleiden zu, welches auch Liane manche trübe Stunde kostete, denn er war oft fahrig und unduldsam, was sich wiederum verstehen läßt, wenn man bedenkt, daß Liane – die mit zunehmendem Alter auch nicht eben weiser geworden war – ihn in unerträglich rührender Weise umsorgte und alle seine Beschwerden mit Hausmitteln wie etwa heißer Zitronenlimonade oder dergleichen zu kurieren versuchte.

Der Leser wird fragen, warum sich Robert nicht schon längst zu Tante Lydia in die Stille zurückgezogen hatte. Die Antwort ist: es war zu spät; er hatte den rechten Augenblick versäumt.

Es bedarf an dieser Stelle nicht mehr der Erwähnung, daß Robert nicht zu den Persönlichkeiten zu rechnen ist, die, vom ethischen Standpunkt aus gesehen, auf nennenswerter Höhe oder auch nur auf einem hügligen Vorsprung stehen: zweifelsohne hat sich der in der Kunst der Menschenwertung geschulte Leser bereits sein eigenes Bild gemacht. Indessen, dieses Bild wäre unvollständig ohne einige Andeutungen solcher Charakterzüge, welche man im konventionellen Sprachgebrauch etwa mit Anständigkeit zu bezeichnen pflegt. Im Falle einer solchen Persönlichkeit, wie Robert es war, klingt dies zwar paradox, aber es kommt öfters vor, sei es auch nur als bewußte Tarnung der wahren Seele. So ist es bezeichnend für den Menschen Robert Guiscard, daß er eine große Anhänglichkeit an das procegovinische Fürstentum verspürte, ja, einen gewissen Nationalstolz auf den Staat entwickelte, dem er einen Nationalmaler gegeben hatte.

Deshalb hatte er damals den durchaus nicht besonders einträglichen Posten des Kultusministers angenommen und war in der Procegovina geblieben, wo der Ertrag für die alten Meister, die er hier, wenn immer es ihm seine Zeit erlaubte, anfertigte, zu gleichen Teilen ihm und der Staatskasse zufloß. Dieses Opfer ist allerdings nur bedingt als ein patriotischer Akt auszulegen, denn Robert war sich sehr wohl darüber im klaren, daß man bei den Transaktionen ihm als Privatperson nicht das Vertrauen entgegengebracht hätte, welches eine respektable Monarchie mit einem Fürsten aus altem Fürstengeschlecht naturgemäß genoß.

Nun aber, da der Boden unter ihm heißer wurde, hätte er sich gern auf den von Tante Lydia verwalteten Landsitz begeben. (Daß er hier auf Hans Hamilkar Bühl gestoßen wäre, liegt auf einer anderen Ebene.) Aber die Ausreise wurde ihm verweigert, und zwar, wie der Premierminister ihm gegenüber deutlich ausgesprochen hatte, wollte man ihn, im Falle eines internationalen Skandals, gewissermaßen als Geisel behalten: schließlich war er, und kein anderer, Ayax Mazyrka.

So war Robert ein Gefangener des Staates, dem er zu neuem Glanz verholfen hatte, und es blieb ihm nichts anderes übrig, als sämtliche Möglichkeiten der Zukunft zu erwägen und ihnen sodann mit Fassung ins Auge zu sehen, zu welcher Beschäftigung seine schlaflosen Nächte kaum ausreichten. Dabei war das, was schließlich geschah, in die erwogenen Kombinationen noch nicht einmal einbegriffen gewesen.

Eines Abends saß er nachdenklich vor seinem Napoleonglas – Liane saß wie gewöhnlich vor dem Stickrahmen –, als der Diener eine Karte brachte. Mr. Roderick L. Pratt, stand auf ihr zu lesen. Robert trank sein Glas aus und wurde so blaß, daß Liane erschreckt auffuhr und ihn fragte, ob sie ihm eine heiße Zitronenlimonade bringen solle.

»Ich glaube nicht, mein Kind«, sagte Robert gefaßt, »daß

derlei hier Abhilfe schaffen würde. Es handelt sich um – wie soll ich es nennen? – eine Art Zufall, der leider mit heißer Zitronenlimonade nicht aus der Welt zu schaffen ist.«

Damit schickte er Liane aus dem Zimmer, um das Ausmaß der Katastrophe zunächst allein abzuwägen.

Mr. Roderick Lionel Pratt trat ein und fragte, ob er die Ehre habe, mit seiner Exzellenz, dem Kultusminister Robert Guiscard selbst zu sprechen. Robert verbeugte sich und sagte, die Ehre habe er zwar, indessen das Vergnügen sei ganz auf seiner – Roberts – Seite.

»Mit einer Äußerung dieser Art«, meinte Mr. Pratt, »würde ich an Ihrer Stelle warten, Exzellenz, bis ich mit dem, was ich vorzutragen habe, fertig bin. – Ich heiße, wie Sie wohl aus meiner Karte entnommen haben, Pratt. Dieser Name dürfte wohl eine Erinnerung, wenn nicht sogar mehr, in Ihnen wachrufen.«

»Ich wüßte nicht . . .«, begann Robert.

»Nun, Exzellenz«, sagte Pratt, »es ist in der Tat einige Zeit her. Vielleicht erlauben Sie mir, Ihrem Gedächtnis ein wenig nachzuhelfen.« Hier zog er eine Mappe hervor und entnahm ihr die von Robert vor vielen Jahren angefertigte Holbein-Zeichnung der Lady Viola Pratt. »Stammt dieses Blatt nicht aus Ihrer Sammlung, Exzellenz?«

»Ganz recht, ja«, sagte Robert, »jetzt erinnere ich mich, dieses Blatt einmal besessen zu haben. Es war ein Erbstück. Ich habe es damals verkauft, um meine Studien bezahlen zu können, würde es aber heute gern wieder erwerben. Wenn Sie mir einen Preis nennen wollten . . .?«

»Exzellenz, ich komme nicht aus diesem Grunde. Ich kann dieses Blatt nicht hergeben, da es sich um meine Familie handelt. Lady Viola – von ihren Freunden Vi genannt – war eine meiner Vorfahren, ein geschätztes Mitglied des Hofes und

– so erzählt man sich – die Geliebte Sir Thomas Moores. Meine Familie gedenkt nicht, sich von dieser Zeichnung zu trennen, obgleich sie eigentlich nur als Kuriosität Wert besitzt. – Exzellenz, da Sie soeben beim Erinnern sind: sind Sie nicht vielleicht gar der Verfertiger dieses Blattes?«

Robert lächelte: »Mr. Pratt!« Er legte seine Hand aufs Herz. »Wäre ich Meister über eine solche Strichführung, so säße ich jetzt nicht hier.«

»Nun«, meinte Pratt, »wer weiß? Vielleicht sitzen Sie in der Tat bald woanders, Exzellenz!«

»Wie soll ich das verstehen?«

»Ich will mich deutlicher ausdrücken, Exzellenz. Sehen Sie, dieses ist meine Ahnin, Lady Viola Pratt, wie sie nach Ihrer Ansicht Holbein gezeichnet haben könnte. Und gewiß hätte er sie auch so gezeichnet, wenn sie so ausgesehen hätte. Aber sie hat nicht so ausgesehen, sondern so!« Hier griff Mr. Pratt in seine Mappe und holte eine weitere Zeichnung hervor. »Dies ist die wirkliche Lady Viola Pratt, wie sie ausgesehen und wie Holbein sie gezeichnet hat.«

Roberts Geistesgegenwart, von deren Schwinden dieser Dialog schon bis zu diesem Punkt ein bewegendes Zeugnis ist, versagte nun beinahe vollends. »Sie meinen«, sagte er langsam und sank zusehends zusammen, »Lady Viola Pratt hat nicht nur wirklich existiert, sondern Holbein hat sie dazu auch noch gezeichnet?«

»Ich will Sie in diesem Augenblick weder mit Expertisen noch mit meiner Familiengeschichte langweilen, da Sie vermutlich einen Cognac vorziehen würden; aber Sie haben recht, Exzellenz, so ist es. Es ist wirklich ein Zufall, wie er selten vorkommt.«

»Sehr selten!« sagte Robert und nickte ein paarmal, »noch nicht einmal in Büchern. Obwohl man ihn ohne Zweifel bald in solche aufnehmen wird. – Aber daran konnte ich nun wirklich nicht denken.«

»Man kann ja auch nicht an alles denken, Exzellenz«, sagte Pratt sanft, wie zur Beruhigung.

Robert faßte sich. »Zur Sache«, sagte er. »Was gedenken Sie jetzt zu tun?«

»Ich will meine Karten auf den Tisch legen!« sagte Pratt. »Ich gedenke nicht, Sie der Justiz auszuliefern. Ich bin Kunsthändler und habe deshalb ganz andere Verwendung für Sie. Allerdings müßten Sie dann Ihren Ministerposten kündigen. Hier sind Sie mir zu gefährdet. Man fälscht bereits Mazyrkas, und so wird man vielleicht bald auch den echten auf die Spur kommen. – Jedenfalls bleiben wir beide zusammen.«

»Und wenn ich mich nun weigere? Bedenken Sie: als fürstlich procegovinischer Minister besitze ich immerhin einige Immunität!«

»Einige, ja. Aber nicht viel. Jedenfalls hört sie in dem Moment auf, da Sie entlarvt sind. Sie werden es sehen: da läßt man Sie fallen, wie ein Stück glühender Kohle. Sie glauben doch nicht etwa, daß es die Procegovina auf einen völligen Ruin ankommen lassen würde, indem sie die Gelder für alle verkauften Mazyrkas und andere alte Meister zurückzahlt!«

Robert gab kleinmütig zu, daß er das ebenfalls nicht glaube.

»Wo sollte das Fürstentum denn das ganze Geld hernehmen?« fragte Pratt beharrlich, obgleich das gar nicht mehr nötig war.

Und Robert erstarrte allmählich in der eiskalten Klarheit, daß dieser Roderick Lionel Pratt nicht mit sich spaßen lasse, und so gab er den Vorsatz, eben dieses zu tun, allmählich auf. Er entließ ihn mit der resignierten Grandezza eines konservativen Kabinettministers, der seinen Platz einem unwürdigen jungen Radikalen zur Verfügung zu stellen gezwungen ist; aber ganz geschlagen gab er sich noch keineswegs.

Er war soeben dabei, zur Cognacflasche zu greifen, um seine Erregung zu mildern, als Liane, die, nach Spioninnenart, an der Tür gehorcht hatte, ins Zimmer stürzte.

»Jetzt ist alles verloren!« rief sie dramatisch und griff sich verzweifelt in die Haare.

»Du mußt nicht immer übertreiben, Herzchen«, sagte Robert. »Die Lage ist ernst, aber auch nicht ernster als zuvor. Jedenfalls haben wir eines erreicht: Pratt wird zum Premierminister gehen und ihn um meine Entlassung angehen. Seine Argumente sind so triftig, daß man ihm nachgeben und mich freilassen wird.«

»Aber dafür haben wir jetzt diesen Mr. Pratt am Hals!«

»Wir werden sehen, mein Kind! Vielleicht nicht für lange.«

Liane indessen ließ sich nicht beruhigen; etwas von jener Anlage, welche sie ehedem der Berufung zur Spionin hatte folgen lassen, schlummerte noch in ihr, wenn dieses Etwas auch nicht gerade das Element kaltblütiger Überlegtheit war. Wenn daher eigentlich sie diejenige ist, welche an dem ungeklärten Schicksal Onkel Roberts die wirkliche Schuld trägt, so rührt dies jedenfalls nicht daher, daß es ihr an Eifer und gutem Willen mangelte – hier geziemt ihr kein Vorwurf, und gewiß wäre ich der letzte gewesen, sie zur Verantwortung ziehen zu wollen –, sondern vielmehr daher, daß sie, wie Frauen es so oft tun, in ihrer impulsiven Einfalt, einige wesentliche Faktoren übersah, vor allem aber erstaunlicherweise den, daß Onkel Robert selbstverständlich auch seinerseits Vorsehungen für die Lösung dieses unerwarteten Problems getrof-

fen hatte, welche ihm nun allerdings zum Verderben gereichen sollten.

Wenige Tage bereits nach seinem ersten verwirrenden Auf-
tritt saß Mr. Pratt mit Robert und Liane im spärlich besetzten
procegovinischen Teil des Orient-Expreß, der dort an den
Pariser Zug angehängt wird, wo Robert damals abgehängt
worden war und wo das procegovinische Abenteuer seinen
Anfang genommen hatte. Die drei hatten soeben eine Flasche
Cognac entkorkt, um ihre zukünftige Zusammenarbeit damit zu begießen, als Robert für einen Moment um Entschul-
digung bat und das Abteil verließ.

Draußen, auf dem Gang, wo es recht dunkel war, bekam er
den Schaffner zu fassen. »Wollen Sie sich dreihundert Zrinyi
verdienen?« fragte er diesen.

»Jawohl, Herr. Ich könnte sie gut gebrauchen«, sagte der
Schaffner. »Was kann ich für Sie tun?«

»Es handelt sich um eine Kleinigkeit. Für den Lokomotivführer und den Heizer springt dabei auch noch etwas heraus.
Passen Sie auf: ich bitte Sie, die Toiletten in diesem Waggon
abzuschließen; verstehen Sie?«

»Jawohl, Herr«, sagte der Schaffner erstaunt.

»Gut. Ich sitze mit einer Dame und einem anderen Herrn
in diesem Abteil dort. Ich nehme an, früher oder später wird
dieser andere Herr auf die Toilette gehen. Schließlich sind
wir alle menschlich.«

»Ganz recht, Herr.«

»Wenn er nun die Toiletten in diesem Waggon abgesperrt
findet, geht er in den nächsten Waggon, wo die Toiletten offen sind; verstehen Sie?«

»Sehr gut, Herr.«

»Einige Sekunden nachdem der Herr das Abteil verlassen hat, ziehe ich an der Notbremse, und der Zug bleibt stehen. Dann hängen Sie den anderen Wagen ab, und der Zug kann weiterfahren.«

»Ist das alles, Herr?«

»Das ist alles.«

»Vierhundert Zrinyi, Herr. Ich habe eine Frau und . . .«

»Gut. Sie sollen vierhundert haben; es kommt mir nicht so genau darauf an. Aber gehen Sie jetzt und besprechen die Sache mit dem Lokomotivführer. Alles hängt davon ab, daß die Sache schnell geht und glatt läuft.«

Vergnügt kehrte Robert zurück ins Abteil, wo Pratt und Liane saßen und einander verhalten zutranken, jeder seine eigenen Gedanken schmiedend. Auch Robert, im Vorgefühl eines neuen Sieges, sprach der Flasche eifrig zu, und so kam es, daß er der erste war, welcher die dem Schaffner gegenüber erwähnte Menschlichkeit am eigenen Leibe erfuhr. Und er verließ das Abteil.

Nun aber geschah das folgende: Liane, die, wie bereits erwähnt, einen Rettungsversuch auf eigene Faust geplant hatte, hielt plötzlich in dieser Faust einen Revolver und forderte Pratt auf, die Hände zu erheben, was jener auch tat, aber bloß um mit einer von ihnen an der Notbremse zu ziehen.

Knirschend blieb der Zug stehen, fuhr aber nach wenigen Sekunden weiter. Verwirrt senkte Liane den Revolver, und sie wurde noch verwirrter, als der Schaffner kurz darauf das Abteil betrat und vierhundert Zrinyi Belohnung forderte.

Diesen wiederum verwirrte der Anblick des Revolvers, aber mehr noch der Anblick des falschen Herrn, welcher ihn veranlaßte, zuerst stockend und dann fließend über den bisherigen Vorgang wahrheitsgetreu zu berichten. Dann half er Mr. Pratt, Liane, die ohnmächtig zusammengebrochen war, behutsam auf die Polsterbank zu legen.

Und nun zeigte sich Pratt von seiner besten Seite. Lächelnd zog er vierhundert Zrinyi aus seiner Brieftasche und zählte sie dem Schaffner hin.

Dieser nahm das Geld und sagte bescheiden, daß der andere Herr ihm auch für den Lokomotivführer und den Heizer eine Aufmerksamkeit versprochen habe. Dazu komme nun noch, daß er, der Schaffner, sich verrechnet habe. Zwar seien vierhundert Zrinyi für das Abhängen *eines* Wagens ein durchaus angemessener Preis; jedoch habe er zuvor nicht bedacht, daß der Zug seit einiger Zeit im ganzen *drei* Waggons führe, und er mit dem zweiten Waggon auch den letzten habe abhängen müssen, weshalb er rechtmäßig weitere vierhundert Zrinyi beanspruchen müsse. Indessen könne er es durchaus verantworten, dem Herrn eine Ermäßigung zu geben. Dreihundert Zrinyi . . .

»Das ist nicht nötig«, sagte der verwandelte Mr. Pratt freundlich. »Sie haben sicherlich Frau und Kinder, die auch ernährt sein wollen. Sie werden das Geld gebrauchen können. Hier haben Sie hundert für den Lokomotivführer, hundert für den Heizer und weitere vierhundert für Sie. Die Sache ist tausend Zrinyi wert. Aber sagen Sie: gab es in den beiden Waggons noch weitere Reisende?«

»In dem einen nicht. Aber der andere war ein Dritter-Klasse-Waggon. Darin saß eine deutsche Fußballmannschaft.«

Hier fiel Liane, die sich während des Vorigen verstört aufgerichtet hatte, zurück in ihre Ohnmacht.

»Das ist gut«, meinte der lustige Mr. Pratt. »Ein wenig Gesellschaft wird ihn ablenken und vor allem etwas aufheitern. Es schien mir doch eine recht unwirtliche Gegend zu sein.«

»Das blavazische Schroffsteingebirge. Es gibt dort nur mohammedanische Hirten. Sie lieben Fremde nicht.«

Liane schluchzte auf. Immerhin hatte sie jahrelang mit Robert in glücklicher Gemeinschaft gelebt.

»Und wie weit«, fragte Pratt, »ist es von dort bis zum nächsten Dorf?«

»Nicht weit«, sagte der Schaffner; »nur wenige Kilometer. Aber dort wohnen nur podhorzische Pferdediebe. Die lieben Fremde erst recht nicht.«

»Sie haben Ihre Pflicht getan«, sagte Pratt, »Sie können gehn.«

Der Schaffner verbeugte sich. »Gute Nacht! Möge der Himmel Sie segnen, reich beschenken und alt werden lassen.«

Als der Schaffner das Abteil verlassen hatte, sagte Pratt zu Liane: »Gnädige Frau, ich kann nicht umhin, Ihr Geschick auf das aufrichtigste zu bedauern, denn ich habe Grund anzunehmen, daß Ihnen Herr Guiscard ein guter Gefährte gewesen ist. Ich will gestehen, daß auch ich es nicht eben gut mit ihm gemeint habe, obgleich sein von Ihnen verschuldetes Schicksal das Maß meiner Phantasie um Wesentliches übersteigt.

Nehmen Sie es mir nicht übel, wenn ich Ihnen sage, daß Ihr Vorhaben nicht wohlüberlegt war. Ich habe jedoch Verständnis für Ihre Handlung. Es war natürlicherweise Ihre Absicht, mir die beiden leidigen Holbein-Zeichnungen zu rauben! Ich bin jedoch gern bereit, sie Ihnen auszuhändigen, denn soweit es meine eigenen Interessen betrifft, haben sie ihren Zweck erreicht. Aber ich fürchte, auch Sie werden nichts mehr damit anfangen können. Mein Holbein-Blatt ist ebenso falsch wie das Ihres Herrn Gemahls. Er hat sich wider Erwarten leicht einschüchtern lassen. Er war eben nicht mehr jung und hatte doch viel von seinem früheren Elan eingebüßt. Aber das werden Sie vielleicht am besten wissen.

Die Zeichnungen stehen Ihnen also zur Verfügung. Ebenso mein Paß, nach welchem Sie bereits hatten greifen wollen, als Sie der Eintritt des Schaffners daran hinderte. Aber auch dieser Paß ist falsch; der richtige ist in einer anderen Tasche. Mein wirklicher Name ist Philipp Roskol. Ich halte es für unwahrscheinlich, daß Ihnen dieser Name ein Begriff ist.«

»Er ist es nicht«, sagte Liane feindselig.

»Das ist gut«, sagte Philipp. »Je anonymer man ist, desto besser ist es. Das werden sicherlich auch Sie schon erfahren haben.«

Dieser Vorfall liegt nun auch schon lange Zeit zurück. Die deutsche Fußballmannschaft ist einige Monate später wohlbehalten, wenn auch nicht mehr ganz vollzählig, wieder aufgetaucht; ihre Lücken – soweit ich mich erinnere, ein linker Stürmer und ein rechter Verteidiger – wurden bald gefüllt. Jedenfalls wußten sie über Onkel Roberts Verbleib nichts zu berichten.

Und so muß ich es der Phantasie des Lesers überlassen, Robert Guiscards abenteuerlichem und anfechtbarem Leben ein ihm gemäßes Ende anzudichten. Ich selbst hätte es unter den Umständen für gar nicht ausgeschlossen gehalten, daß er sich auch unter podhorzischen Pferdedieben oder mohammedanischen Hirten eine neue Existenz aufgebaut hat, aber wie ich sowohl Lianes als auch Philipps Berichten entnommen habe, welche sich hier, wie auch über den soeben beschriebenen Vorfall genauestens decken, war es mit seinem inneren Gleichgewicht und damit auch mit seinem ehemals unerschöpflichen Erfindungsreichtum vorbei; dieser Umstand berechtigt zu der Annahme, daß er dem blavazischen Schroffsteingebirge nicht mehr entronnen ist.

Der Leser, dessen Gefühl für irdische Gerechtigkeit mit diesem Ende befriedigt ist, mag aufatmen, hüte sich aber, diesen Fall als einen gemeingültigen Beweis für ihre Notwendigkeit zu zitieren. Wie ich es sehe, bildet dieser Fall lediglich die Ausnahme der Regel, daß, wer anderen eine Grube gräbt, am längsten währt, und ich bin überzeugt, daß viele Berichte, die dem meinen gleichen, die Öffentlichkeit eben deshalb nicht erreicht haben, weil die Betroffenen noch unter uns weilen und sich für die Verbreitung bitter rächen würden.

Und hier denke ich unwillkürlich an Liane, die mir damals die Aufzeichnungen Onkel Roberts überbrachte, nachdem Philipp sie über meinen Verbleib aufgeklärt hatte. Sie lebt allerdings noch, aber ich glaube nicht, daß der Zufall – denn nur dieser könnte es sein – ihr meinen Bericht, der auch ihre Gestalt nicht gerade mit den Mänteln der Weisheit und der Tugend umhüllt, in die Hände spielen wird. Übrigens hat sie inzwischen ihren Ehrgeiz, im Kriege für zwei einander verfeindete Großmächte zu arbeiten, verwirklichen können; damit hat sie auch dazu beigetragen, daß die Procegovina, an welchen Staat sie jedenfalls keinerlei Gefühl der Anhänglichkeit gekettet zu haben scheint, heute zwischen seine Nachbarländer aufgeteilt und endgültig verloren ist. Wahrscheinlich ist sie, während ich dies schreibe, bereits dabei, ihr Scherflein zur Vorbereitung des nächsten Krieges beizutragen.

Bühl dagegen – so nehme ich zumindest an – hat Tante Lydia beerbt. Diese Verbindung hat es ihm jedoch schon vor deren Ableben erlaubt, Jahr für Jahr einen neuen Aphorismenband zu füllen, welche Tätigkeit aber wohl weder die einzige noch die kostspieligste seiner Liebhabereien ist. Da Onkel Robert niemals mehr erschienen ist, um seinen Besitz zu beanspruchen, dürfte das Landhaus zu einer Art Heim für Knaben geworden sein, welche er auf die ihm eigentümliche Art in wirksamen Methoden des Lebenskampfes unterweist. Auch er hat keine Ursache, sich über sein Schicksal zu beklagen, und er tut es wohl auch nicht.

Damit bin ich am Ende meiner Aufzeichnungen angelangt, und ich habe nunmehr das Gefühl, einer mir übertragenen Pflicht genügt zu haben. Zudem haben sie mir an diesem Herbsttag Vergnügen bereitet, und ich hoffe, sie werden auch dem Leser Vergnügen bereiten, denn mehr verlange ich nicht. Sie sollen, wie ich schon anfangs sagte, keinen Staub aufwirbeln; es ist auch, letzten Endes, gleichgültig, ob Ayax Mazyrka existiert hat oder nicht, und es ist müßig, tote Tatsachen aufdecken zu wollen, um sie nachträglich mit dem Lichte der Wahrheit zu beleuchten; man lasse sie getrost schlummern. Denn für die Tausende, die sein Werk bewundern, denen es dazu etwa während eines schönen Frühlingstages vergönnt gewesen ist, seine klösterliche Arbeitsstätte und sein Geburtshaus zu besichtigen, für diese ist die Existenz Ayax Mazyrkas nicht auszulöschen, denn sie gehört zum Bestand ihrer Erfahrungen und Erlebnisse.

Und ebenso hat Mazyrka für die zeitgenössischen Fälscher existiert: denn inzwischen sind neue Mazyrkas entstanden, und es werden in Zukunft weitere Mazyrkas entstehen. Wer die Schöpfer sind, weiß heute niemand, und daher sind die Bilder echt, bis sich das Gegenteil herausstellt, was vielleicht niemals geschehen wird, denn die Entlarvung liegt in niemandes Interesse.

Das Holbein-Blatt aber, mit dessen Hilfe Philipp Roskol meinen Onkel zu überführen gedachte, ist mein Werk. Seit dieser Arbeit habe ich weder Pinsel noch Stift zur Hand genommen, und ich gedenke, es auch in Zukunft nicht zu tun. Anton Velhagen kann nicht von den Toten erweckt werden, und ich will nicht als mein eigener Nachahmer einen jämmerlichen Platz im Kunstleben der Zeit einnehmen. Zudem kann keine Kunst ohne unmittelbare Resonanz existieren; wer anders denkt, der irrt.

Inzwischen ist es Abend, und wie immer um diese Zeit, erwarte ich Philipp Roskol, der mein Nachbar ist. Seine Wandlung ist nunmehr vollzogen, und es ist lediglich sein Hang zur Bequemlichkeit, der ihn davon abhält, als eine Art Wanderprediger durch die abendlichen Parks der Kultur zu ziehen, um sich hier, im Zwielicht, den Zuhörenden als ein von allen Zeitkrankheiten Geheilter darzustellen.

Wir werden, wie gewöhnlich, ein Glas Wein zusammen trinken, eine stille Partie Bezique spielen und vielleicht von alten Zeiten sprechen, da wir beide den neuen mit wenig Spannung entgegensehen.

Suhrkamp Verlag GmbH
Torstraße 44, 10119 Berlin
info@suhrkamp.de
www.suhrkamp.de